U0005331

森林王子

拉雅德·吉卜林　著

張惠凌　譯

晨星出版

目錄／Contents

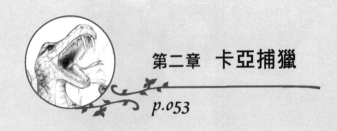

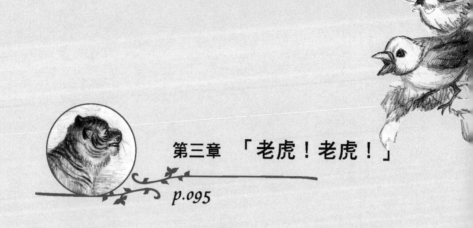

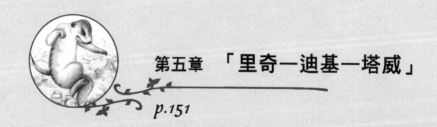

■

史上最年輕的
諾貝爾文學獎得主

吉卜林

作者介紹—
史上最年輕的諾貝爾文學獎得主：吉卜林

　　也許您看過迪士尼的經典動畫片《森林王子》，裡頭講述的是嬰兒莫格利在印度叢林中被狼撫養成人的故事。而大家更對故事中小男孩能在野蠻的環境中生存那麼久而感到驚訝，其實這部得到許多孩童喜愛的故事，是根據約瑟夫‧拉雅德‧吉卜林（Joseph Rudyard Kipling，1865－1936）的同名小說 *THE JUNGLE BOOK* 所改編的。

多年來，《森林王子》一直深受廣大讀者的喜愛，不論老少皆深深著迷於吉卜林筆下的叢林冒險。吉卜林於一九〇七年獲諾貝爾文學獎，是位英國詩人兼小說家。

　　一八六五年，吉卜林出生在印度孟買。童年時期的他過得非常逍遙快樂，因此

▲Time雜誌1926年以吉卜林為封面。

暢銷作品的靈感大部分也出自快樂時期的他，如三十歲左右寫的《森林王子》就反應了他六歲前童年生活的舒服和自在。《森林王子》中除了自由和詩意以外，也充滿叢林會有的刺激、衝突及危難。作者充分表現了孩子在青春期會有的不確定感和對周遭環境的好奇心。不知道自己有什麼價值、長大後又會怎麼樣，種種矛盾的情緒在整個故事中發揮得淋漓盡致。

直到吉卜林六歲時，他無憂無慮的童年突然結束了，他的父母希望自己的孩子接受正統教育，便把他和姐姐送回英國。但對於吉卜林來說，當時在英國的監護人是一個陌生人，對他缺乏關愛外也給他造成了很大傷害，他曾經說：「我當時就好比被帶入地獄般，體驗到前所未有的恐怖生活。」

一九〇七年，只有四十二歲的吉卜林

▲吉卜林故居。（Phillip Burne Jonesc 繪）

▲吉卜林辦公時。

不僅是英國第一個諾貝爾文學獎得主，也是至今諾貝爾文學獎最年輕的獲得者。吉卜林的作品在二十世紀初的世界文壇產生了很大的影響，由此可見他訴說故事的功力有多麼一流。吉卜林的文字總是蘊藏著童話、聖經和詩詞的魔力。讀他的文字，更能感覺到節奏的魅力，似乎真能讓人們感受到原始叢林的生命力。

此外，他也曾被授予英國爵士爵位和英國桂冠詩人的頭銜，但都被他放棄了。由於吉卜林生活的年代正值歐洲殖民國家向其他國家瘋狂地擴張，他的部分作品也被有些人指責為帶有明顯的帝國主義和種族主義色彩，長期以來人們對他的評價各持一端，極為矛盾，他筆下的文學形象往往既是忠心愛國和信守傳統的形象，又是野蠻和侵略的代表。然而近年來，隨著殖民時代的遠去，吉卜林的作品也以高超的文學性和複雜性，越來越受到人們的尊敬。

主要著作有，兒童故事《森林王子》、《森林

▲菲利普（Philip Burne-Jones）畫筆下的吉卜林。

王子續集》、《勇敢船長》、印度偵探小說《吉姆》、《原來如此》詩集《營房謠》、短詩《如果》等許多膾炙人口的短篇小說。

　　他於一九三六年在倫敦去世，英國人民皆爲他致哀，至今仍深受人們的敬重。

吉卜林美詩：寫給12歲的兒子 （選自IF詩集）

IF

If you can keep your head when all about you

Are losing theirs and blaming it on you,

If you can trust yourself when all men doubt you

but make allowance for their doubting too,

If you can dream - but not make dreams your master,

If you can think - but not make thoughts your aim;

If you can meet with Triumph and Disaster

And treat those two imposters just the same;

If you can force your heart and nerve and sinew

To serve your turn long after they are gone,

And so hold on, when there is nothing in you

Except the Will which says to them: "Hold on!"

And, what is more, you'll be a Man, my son!

假如

假如全世界都錯怪你了，而你依然保持冷靜；

或被仇恨也不怨天尤人，然而別看來太驕傲，話也別講得太滿；

假如你能作夢──而不成為夢的奴隸；

假如你能思考──而不是以思考為目的；

假如你能坦然看待勝利和慘敗，把它們一視同仁；

假如你把贏來的一大堆錢全拿去作賭注而不幸輸掉，

但仍能從頭幹起，並絕口不提你的失敗；

假如你能強迫你的心、勇氣和體力在它們早已枯竭時為你效勞，

因此當你即將枯竭，它們仍有：「撐下去！」的意志時，

你就能不斷地撐下去；

我的兒啊，最後你將成為真正的男人。

吉卜林美圖：畫給愛發問的小女兒

吉卜林的女兒（Josephine）

這是鯨魚在尋找小司圖魚的畫面，小司圖魚的名字叫賓格，他躲在赤道門檻前面一棵大海草的根裡。而其他頭型怪異的魚叫做椰頭鯊魚，嘴巴像鳥嘴的叫鳥嘴海豚。鯨魚一直到怒氣消了才找到小司圖魚，之後兩人又成了好朋友。

沙漠之神正用魔扇將魔火扇到駱駝的背上，那個從洋蔥似的東西長出長長的、像毛巾的玩意兒，就是沙漠之神的魔法。

這就是獨來獨往的貓，他搖著尾巴獨自走在潮濕的森林，這裡除了毒菇之外什麼都沒有。

下方是男人和女人在嬰兒出生後所居住的山洞。此刻男人正舉起手召喚狗過來，因為他要游到河的對岸去找兔子。

吉卜林年表

- 1865年：出生在印度孟買。屬於英國維多利亞女王在位時的作家。
- 1868年：第一次到英格蘭，他的姐姐愛麗絲也是在這兒出生。
- 1871年：父母將吉卜林和姐姐送回英國，在兒童寄養所過了不愉快的童年生活。
- 1880年：第一次陷入熱戀，但也因此嚐到心碎的痛苦，花了好久時間才復原。
- 1882年：回到印度，在報社做記者和編輯，兼寫短篇小說，發表在他任職的報紙上。
- 1886年：出版短詩集《歌曲類纂》，以諷刺詩為主。
- 1888年：發表《黑羊咩咩》、《山中的平凡故事》及《三個士兵》、《加茲比一家的故事》、《在喜馬拉雅杉樹下》、《人力車幻影》等短篇小說。
- 1889年：吉卜林離開了印度，從此很少回到故鄉。
- 1890年：出版第一部長篇小說《消失的光芒》。
- 1891年：計劃一次世界遠航，旅行地包括到澳洲、紐西蘭和印度。同年出版短篇集 *Life's Handicap*。
- 1892年：和作家朋友的妹妹卡洛琳結婚，兩人到日本渡蜜月，回來後便住在美國的佛蒙特妻子家。不久他用士兵俚語出版《營房謠》，表現帝國精神。

《森林王子》原版封面，插圖為吉卜林父親Lockwook Kipling所繪。

- 1894年：出版《森林王子》。
- 1895年：出版《森林王子續集》，還有詩集、短詩《假如》。

（下圖為短詩《假如》原版封面）

- 1897年：出版《勇敢船長》。
- 1898年：出版*Mandalay*、*Gunga Din*及短篇集*The Day's Work*。
- 1899年：吉卜林一人回到英國，但在美國期間，出版的著作皆受到相當大的迴響，奠定吉卜林未來的成功之路。此年出版《凱托斯公司》及長詩《白人的負擔》。
- 1901年：出版度印偵探小說《吉姆》。
- 1901年：出版*Puckof Pook's Hill*。
- 1902年：出版赫赫有名的《原來如此》。
- 1906年：出版《普克山的帕克》。
- 1907年：因為《吉姆》的成功，吉卜林獲諾貝爾文學獎，42歲的他也是史上最年輕的得獎者。
- 1909年：出版《作用與反作用》。
- 1912年：出版《阿爾斯特1912》。
- 1917年：小說《各式各樣的人》出版。
- 1936年：於倫敦逝世，去世時，英國舉國為他致哀。享年七十歲。
- 1942年：第一部「森林王子」電影上映。
- 1967年：獲迪士尼改編動畫「森林王子」，全球矚目。

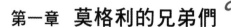

第一章　莫格利的兄弟們

蝙蝠曼恩釋放了黑夜，
於是鳶鷹契爾把它帶了回來——
牛群都被關進牛棚，
因為我們要盡情放鬆到黎明。
這是榮耀與權力的時刻，
尖爪、利齒和大螯。
哦，聽那呼喚！——要正當狩獵
才是遵守叢林法則！

──叢林夜歌

第一章
莫格利的兄弟們

　　晚上七點，西奧尼山上非常溫暖。狼爸爸休息了一天，現在已經醒過來了。他搔搔癢，打了個哈欠，逐一將爪子舒展開來，好驅除爪尖上的睡意。狼媽媽臥在地上，灰色的大鼻子搭在四隻翻滾尖叫的小狼身上。月光照射在他們居住的洞穴口。「噢嗚！」狼爸爸說，「又該去打獵了。」他正要躍下山，一個拖著毛茸茸尾巴的小身影晃過洞口，以哀怨的口吻說：「狼群的首領，祝您好運！也祝福您那高貴的孩子們，願他們有一副堅硬潔白的牙齒，但願他們永遠不會忘記這世上還有挨餓。」

　　那是胡狼——專門吃殘渣剩飯的塔巴庫伊——印度的狼都瞧不起他，因為他到處挑撥離間、散佈謠言，而且到村子裡的垃圾堆撿破布和爛皮革吃。不過，印度的狼也怕塔巴庫伊，因為他比叢林裡的其他動物還容易發瘋。他一發起瘋來，就天不怕地不怕，在森林裡橫衝直撞，誰擋了他的路，他就咬誰。即使是老虎，見到小塔巴庫伊發病也要趕緊躲開，因為對野生動物來說，染上瘋病是最可恥的事。我們把這種病稱為狂犬病，

但動物們稱它「迪瓦尼」——遇到了得趕緊跑開。

「那就進來看看吧，」狼爸爸板著臉說，「不過這裡沒什麼可吃的東西。」

「對一隻狼來講，是沒什麼可吃的東西，」塔巴庫伊說，「但是對我這個卑賤的傢伙來說，一根乾骨頭就是一頓盛宴了。我們是什麼東西？我們是基多格（胡狼），怎麼能挑剔呢？」於是他匆匆走進山洞裡，找到了一根帶有殘肉的公鹿骨頭，然後高興地坐在地上喀吱喀吱啃了起來。

「多謝您的佳餚，」塔巴庫伊舐著嘴巴說，「這些高貴的孩子多漂亮啊！他們的眼睛真大！又這麼朝氣蓬勃！說真的，我怎麼忘了呢，王族的孩子一出生就像個男子漢啊！」

其實，塔巴庫伊跟其他動物一樣清楚得很，當面恭維孩子是很不恰當的。不過看到狼爸爸和狼媽媽不自在的表情，他倒很得意。

塔巴庫伊動也不動地坐著，為自己剛才的惡作劇高興不已，接著他又不懷好意地說：

「老大希克翰換地方狩獵了。他告訴我，下個月他要在這一帶山區獵食。」

希克翰就是住在二十哩外，維崗加河附近的那隻老虎。

「他沒這個權利！」狼爸爸發火了，「根據叢林法則，他沒有事先通知，就沒有權利更換獵區。他會驚嚇到方圓十哩內

的所有獵物，而我……這幾天還得獵取雙份的食物。」

「希克翰的媽媽叫他朗格里（瘸子）不是沒有原因的，」狼媽媽輕聲地說，「他一生下來就瘸了一條腿。那就是爲什麼他只獵殺耕牛。維崗加的村民已被他惹火了，現在他又要來招惹我們這裡的村民。屆時村民會進入叢林搜捕他，而他早已經逃得遠遠的，他們會放火燒野草，我們和孩子們就得逃命。那我們可真得要感謝希克翰了！」

「要我向他轉達你們的謝意嗎？」塔巴庫伊說。

「滾出去！」狼爸爸厲聲說，「滾去和你的主人一起獵食。你今晚幹得壞事已經夠多了。」

「我就走，」塔巴庫伊不慌不忙地說，「你們聽，希克翰正在下面的灌木叢裡。其實我不用告訴你們這個消息的。」

狼爸爸仔細聆聽，下面通往一條小河的溪谷裡傳來一隻老虎憤怒、單調的乾吼聲。他什麼也沒逮到，而且不在乎叢林裡所有動物都知道他的挫敗。

「笨蛋！」狼爸爸說，「夜晚剛開始幹活就這麼喧嚷！他以爲我們這裡的公鹿也像維崗加那些肥胖的耕牛嗎？」

「噓！他今晚獵捕的不是小公牛也不是雄鹿，」狼媽媽說，「是人類。」

吼聲變成了低沉的嗚嗚聲，彷彿來自四面八方。這種聲音會使露宿野外的樵夫和吉普賽人迷失方向，有時甚至將自己送

入虎口。

「人類！」狼爸爸咧著嘴露出潔白的牙齒說，「呸！池塘裡的甲蟲和青蛙還不夠他吃，他非要吃人類不可？而且是在我們的地盤上！」

叢林法則的每一條規定都是有道理的。它禁止任何野獸吃人，除非是在教自己的孩子如何捕獵，即使如此，也必須在自己族群或部落的獵區之外的地方。這條規定的真正原因是：獵殺人類意味著遲早會招來騎著大象、帶著槍枝的白人和上百個手持銅鑼、火箭和火把的棕色皮膚的人。如此一來，叢林裡的所有動物都會遭殃。不過，動物們自己對這條規定的解釋是：人類是所有生物中最軟弱、最缺乏防禦能力的，所以對人類下手是最不道德的。他們還說——這是真的——動物吃了人類後會長疥癬，而且會掉牙。

嗚嗚聲越來越大聲，最後變成了老虎襲擊獵物時發出的洪亮吼叫，「噢嗚！」

接著，希克翰發出一聲嗥叫——缺乏虎威的吼叫。「他沒捕到，」狼媽媽說，「怎麼回事？」

狼爸爸往外跑幾步，他聽見希克翰在矮樹叢裡翻滾，一邊粗野地嘀咕個不停。

「那個傻瓜竟然蠢到跳進樵夫的火堆，腳被燙傷了。」狼爸爸哼了一聲，「塔巴庫伊跟他在一起。」

「有什麼東西上山來了，」狼媽媽說，一邊耳朵抽動了一下，「做好準備。」

灌木叢裡發出窸窣聲，狼爸爸蹲低身子，隨即縱身一躍。接著，如果你仔細看的話，你會看到世界上最令人驚嘆的事——狼爸爸跳到半空中突然收住腳。原來他沒看清楚目標是什麼就躍了出去，所以必須設法停下來。結果就是，他往空中跳了四五呎，然後又幾乎落到原地。

「人！」他急促地說，「是個小孩。快看！」

他眼前站著一個剛會走路、全身赤裸的棕色皮膚小孩，手裡握著低矮的樹枝——從來沒有一個這麼柔弱、帶著笑靨的小孩在夜晚來到狼的洞穴。他抬頭望著狼爸爸的臉，並且露出純潔天真的笑容。

「那是人類的小孩嗎？」狼媽媽說，「我從來沒看過。把他帶過來。」

狼很習慣用嘴巴銜著幼狼，如果有必要，他們可以銜著一顆蛋而不會把它弄破。因此，雖然狼爸爸咬住小孩的背部，把他放到幼狼中間，小孩的皮膚上連一道牙齒刮痕都沒有。

「多麼小呀！光溜溜的，而且——膽子真大！」狼媽媽輕聲說。小孩擠進幼狼群中，好靠近溫暖的毛皮。「哈！他和狼崽一塊兒吃起來了。這就是人類的小孩啊。不過，有哪一頭狼曾誇耀過她的幼狼之中有人類的小孩？」

·可愛的莫格利深獲狼爸爸喜愛。

「我偶爾聽說這種事，但都不是發生在我們的族群，也不
是在我這個年代。」狼爸爸說，「他身上一根毛也沒有，我只
要用腳一碰就可以把他殺死。但是你看，他抬頭望著我，一點
也不害怕。」

洞口的月光被擋住了，因為希克翰的大方頭和肩膀拼命要
擠進洞口。塔巴庫伊跟在他後面，尖聲叫道：「哦，天啊，他
跑到這裡來了！」

「希克翰真是賞臉啊，」狼爸爸說，但是他的眼神充滿怒氣，「希克翰需要什麼呢？」

「我的獵物。有個人類的小孩跑到這裡來了。」希克翰說，「他的父母都跑掉了，把他交給我。」

正如狼爸爸剛剛說的，希克翰跳進了樵夫的火堆，此時還為燙傷的腳痛得怒不可遏。但是狼爸爸知道，洞口很窄，老虎是進不來的。即使希克翰已經在洞口，他的肩膀和前爪也擠得無法動彈，就像一個人在桶子裡打鬥，手腳不得伸展一樣。

「狼是自由的族群，」狼爸爸說，「他們只聽命於狼群首領，而不是隨便哪個身上有條紋、專殺耕牛的傢伙。這個人類的小孩是我們的──要殺他也要由我們決定。」

・希克翰想一口吃掉人類的小孩。

「什麼你們決不決定的！那是什麼話？我以我殺死的公牛發誓，難道要我鑽進你們的狗窩去拿我應得的東西？這可是我希克翰在說話！」

老虎雷鳴般的吼聲迴盪整個山洞。狼媽媽離開孩子跳到前面來，她的雙眼在黑暗中彷彿兩個綠色的月亮，直瞪著希克翰冒火的雙眼。

「那麼就讓我拉克夏（惡魔）來回話。這個人類的小孩是我的，瘸子——他是我的！誰都不許殺他。他要活下來跟狼群一起奔跑，跟狼群一起狩獵。看看你自己，你這個獵食赤裸裸的小孩的傢伙——吃青蛙、殺魚的傢伙——將來有一天，他會去獵捕你的！你現在立刻滾出去，滾回你媽媽那裡去，否則我以我殺死的大公鹿發誓（我不吃挨餓的耕牛），我會讓你比剛出生時瘸得更嚴重，你這個被火燒的叢林野獸！滾！」

狼爸爸吃驚地看著。他曾經和五頭狼公平決鬥而贏得狼媽媽，他幾乎已經忘了那段時光。那時她在狼群裡被稱為「惡魔」，那可不是隨便恭維的話。希克翰也許能對付狼爸爸，但是他對付不了狼媽媽。因為在這裡狼媽媽占有地利優勢，而且她會拼死搏鬥。於是希克翰咆哮著退出洞口。一到洞外，他大聲叫道：

「每條狗就只會在自己的院子裡吠叫！我們等著瞧吧，看狼群對於你們收養人類小孩怎麼說。那個小孩是我的，總有一

天他會落入我的口中。哼，長著毛茸茸尾巴的賊！」

狼媽媽氣喘吁吁地躺臥在幼狼中間，此時狼爸爸嚴肅地對她說：

「希克翰說得倒是實話。人類的小孩必須帶去給狼群看看。妳還要收留他嗎，媽媽？」

「收留他！」她喘著氣說，「他光著身子趁黑夜來到這裡，又餓又孤單，但是他並不害怕！你看，他已經把一隻小狼擠到旁邊去了。而且，那個瘸腿的屠夫會殺了他，然後逃回維崗加，接著這裡的村民會來報仇，搜遍我們的巢穴。要收留他嗎？當然要收留他。躺著不要動，小青蛙。哦，莫格利——我就叫你青蛙莫格利——將來有一天你會獵捕希克翰，就像他現在獵捕你一樣。」

「但是，我們的狼群會怎麼說？」狼爸爸說。

叢林法則清楚地規定，任何一隻狼只要結了婚，就可以離開所屬的狼群。然而，一旦他的小狼學會走路，就得把他們帶到狼群大會上，好讓其他狼認識他們。狼群大會通常是在每個月月圓的時候舉行。小狼經過檢閱，就可以自由地隨處奔跑，而且在他們獵殺到生平第一頭公鹿之前，狼群裡的成狼不得以任何理由殺死他們。否則兇手一旦被抓到，就會立刻被處死；如果你稍加思索，就會明白為什麼必須這麼做。

狼爸爸等到小狼們稍微能跑了，才在舉行狼群大會的夜

晚，帶著他們和莫格利、以及狼媽媽一起到會議岩上——一個佈滿石頭和巨礫的山頂，那裡躲藏得下一百頭狼。阿克拉，獨身的大灰狼，憑藉著他的力氣和狡黠的智慧領導狼群。此刻他展開四肢躺在岩石上，在他下面坐著四十多隻各種不同大小、顏色的狼，有長著獵色皮毛、可以單獨對付一頭公鹿的老狼，也有自認為可以單獨對付一頭公鹿的三歲年輕黑狼。獨身的阿克拉領導他們已經一年了。他年輕時曾經兩次落入捕狼的陷阱，還有一次被人類狠狠地打了一頓，後來被當作死屍扔掉；因此他了解人類的手段和習性。在會議岩上大家很少說話。所有的父母親都圍坐成圈，小狼們就在圈中互相嬉鬧、翻滾。偶爾，老狼會悄悄走向前去，仔細打量某一隻小狼，然後又不聲不響地回到自己的位置。有時候，狼媽媽會把自己的孩子推到月光下，好讓他不被大家忽略。

阿克拉在他的岩石上大聲說：「你們都知道法則——都知道我們的法則吧。眾狼們，仔細看看吧！」然後焦急的狼媽媽就會接著他的話說：「是啊，眾狼們，仔細看看啊！」

終於，時候到了——狼媽媽脖子上的毛都豎了起來——狼爸爸把「青蛙莫格利」（他們這麼叫他）推到圈子中間。莫格利坐在那裡，邊笑邊把玩幾顆在月光下閃著亮光的小卵石。

阿拉克一直沒有抬起頭，只是繼續他千篇一律的話：「仔細看看！」岩石後面傳來一聲低沉的吼聲，是希克翰的叫嚷

聲：「那個人類的小孩是我的。把他還給我。自由的族群要一個人類的小孩做什麼？」阿克拉連耳朵都沒動一下，他只是說：「眾狼們，仔細看看！自由的族群為什麼要聽從其他族群的命令。仔細看看吧！」

一陣低沉的嗥聲響起，一頭四歲的年輕狼又把希克翰的問題丟給阿克拉：「自由的族群要一個人類的小孩做什麼？」叢林法則規定，如果族群對於是否接受某個幼子有所爭議，那麼，除了他的父親和母親之外，至少要有兩名狼群成員願意替他擔保。

「誰要替這個孩子擔保？」阿克拉問，「自由的族群，有誰要替他說話？」沒有任何狼回答。狼媽媽已經做好了準備，因為她知道，萬一事情發展到非搏鬥不可的話，這將是她最後一戰。

這時，唯一獲准參加狼群大會的異種動物巴盧用後腿站立起來，咕噥著說話了。他是一隻嗜睡的老棕熊，專門教導小狼叢林法則。老巴盧可以自由來去，因為他只吃堅果、植物的根莖和蜂蜜。

「人類的小孩——人類的小孩？」他說，「我來替這個人類的小孩擔保。人類的小孩不會傷害誰。我的口才不好，不過我說得都是事實。讓他和狼群一起奔跑，和其他小狼一起加入狼群吧。我親自教導他。」

·黑豹和棕熊對大家說願為「莫格利」擔保。

「我們還需要另一個支持者，」阿克拉說，「巴盧已經發言了，他是我們幼狼們的老師。除了巴盧，還有誰要發言？」

一個黑影跳進圈子裡。那是黑豹貝格西拉，他全身上下一片漆黑，只有在一定的亮光下才會閃現出波紋綢般的豹紋。大家都認識貝格西拉，但是誰都不想得罪他；因為他像塔巴庫伊一樣狡猾，像野牛一樣兇猛，也像受傷的大象一樣不顧死活。但是他的聲音卻像從樹上滴落下來的野蜂蜜一樣柔潤，他的毛皮比羽絨還要柔軟。

「阿克拉，還有各位自由的狼民，」他用愉悅的聲調說，「我沒有權力參加你們的大會，但是叢林法則規定，如果對於處置一個新生幼子產生了異議，但是不涉及生死問題，那麼他的生命可以被買下來。而且法則沒有規定誰可以買，誰不可以買。我說得對嗎？」

「說得好！說得好！」總是感到飢餓的年輕狼們說，「聽貝格西拉的話。那小孩可以被買下來。這是法則規定的。」

「我知道我沒有權利在此發表意見，因此我在此請求你們的許可。」

「說吧。」二十頭狼齊聲喊道。

「殺死一個赤裸裸的小孩是很可恥的。況且，他長大了以後或許可以幫你們捕獲更多獵物。巴盧已經替他說話了。現

在，除了巴盧的話，我再加上一頭公牛，一頭剛剛殺死的肥公牛，就在離這裡不到半哩遠的地方，如果你們能依照法則接納這個人類的小孩。這很困難嗎？」

幾十頭狼亂哄哄地嚷著：「有什麼關係？他會

被冬天的雨淋死，也可能被太陽曬死。一個赤裸裸的青蛙會對我們造成什麼傷害？讓他和狼群一起奔跑吧。公牛在哪裡，貝格西拉？我們接受他吧。」然後傳來阿克拉低沉的喊聲：「仔細看看──眾狼們，仔細看看！」

莫格利依舊忙著把玩小卵石，他沒有注意到那些狼一一走過來端詳他。最後，所有狼都下山去找那頭死牛，只剩下阿克拉、貝格西拉、巴盧和莫格利自家的狼。希克翰仍然在夜裡咆哮，因為莫格利沒交到他手裡，他非常氣憤。

「啊，盡量吼吧。」貝格西拉說，聲音從鬍鬚下傳出，「總有一天，這個光著身子的傢伙會讓你用另一種聲調吼叫的，否則就是我太不了解人類了。」

「做得好，」阿克拉說，「人類和他們的小孩都很聰明，將來他也許會是一個好幫手。」

「沒錯，在必要的時候可以做個幫手；因為誰都不能永遠領導狼群。」貝格西拉說。

阿克拉沒有回話。他在想，每個狼群的首領都會有年老體衰的一天，直到最後被狼群殺死，然後就會有新的首領出現，而新首領最終也難免一死。

「把他帶走吧，」他對狼爸爸說，「把他訓練成一個合格的自由狼民。」

就這樣，莫格利靠著一頭公牛的代價和巴盧的好話，加入

了西尼奧狼群。

　　現在你應該很樂意跳過十年或十一年的時光，自己去想像一下莫格利在狼群裡度過的奇異生活，因為如果把它都寫下來，那得寫上好幾本書。莫格利和幼狼們一起成長，然而，在他還是個小孩的時候，他們差不多已是成年狼了。狼爸爸把自己的本領傳授給他，並且教導他叢林裡各種事物的涵義，因此，草地的沙沙聲、溫暖夜裡的微風、頭頂上貓頭鷹的啼叫、蝙蝠在樹上棲息時爪子的刮擦聲、水池裡小魚跳躍時的濺水聲，他都知道得一清二楚。他不用學習的時候，就在太陽下睡覺，睡醒了吃，吃完了又睡；他覺得身體髒了或是熱了，就跳進森林裡的水池游泳；他想吃蜂蜜的時候（巴盧告訴他，蜂蜜、堅果和生肉一樣美味），就會爬到樹上尋找，這項本領是貝格西拉教他的。貝格西拉時常躺在樹枝上，大喊著：「小兄弟，到這裡來。」起初，莫格利像樹懶一樣緊緊抱著樹幹，但是到了後來，他就能像灰猿那樣，大膽地在樹枝間盪來盪去。他也參加狼群大會；開會的時候，他發現只要他緊盯著某一頭狼，那頭狼就會被迫低垂眼睛，所以他常常盯著他們看，藉以取樂。有時候，他會幫朋友們把腳掌上的長刺拔出來，因為狼的身上時常會被各種刺扎得痛苦不堪。他會在夜晚下山走進耕地，好奇地望著小屋裡的村民。但是他不信任人類，因為他曾

經差點走入一個巧妙隱蔽在叢林裡、裝有活門的方箱子，貝格西拉告訴他那是個陷阱。他最喜歡做的事，就是和貝格西拉進入幽暗、溫暖的叢林深處，懶洋洋地睡上一整天，然後晚上看貝格西拉如何捕獵。貝格西拉餓的時候，一見到獵物就殺，因此莫格利也跟他一樣，但只有一種獵物例外。莫格利懂事的時候，貝格西拉就告訴他，絕對不能殺公牛，因為他就是以一頭公牛為代價被狼群接納的。「整個叢林都是你的，」貝格西拉說，「只要你有力氣，想殺什麼都可以，但是為了那頭贖回你的公牛，你絕對不能殺死或吃掉任何牛，不管是小牛還是老牛。這是叢林法則規定的。」莫格利一直確實遵守。

於是，莫格利一天天成長茁壯，就跟其他男孩一樣。他沒有意識到自己正在學習；除了吃東西，他不用為任何事操心。

狼媽媽告訴過他一兩次，希克翰是個不能信任的傢伙，將來他一定要殺掉希克翰。一頭小狼也許會時時牢記這個忠告，但是莫格利卻把它忘了，因為他畢竟只是個小男孩——如果他會說人類的語言，他也會把自己稱為一頭狼。

他經常在叢林裡遇到希克翰，因為隨著阿克拉日漸衰老，這個瘸腿的老虎和狼群裡的年輕狼變成了好朋友，他們跟在他後面撿食殘羹剩飯；如果阿克拉敢嚴格執行自己的權力，他是不會允許這種事情發生的。而且，希克翰會奉承他們，說他們是年輕優秀的獵手，怎麼會甘於被一頭垂死的狼和一個人類小

孩領導。希克翰還說：「我聽說你們在大會上都不敢正眼看他。」然後，年輕的狼就會氣得咆哮，毛髮倒豎。

貝格西拉消息很靈通，這件事情他也知道一些。有一兩次，他費盡唇舌對莫格利說，總有一天希克翰會殺了他。莫格利卻笑著回答說：「我有狼群、有你，還有巴盧，雖然他很懶，但也會助我一臂之力。我有什麼好害怕的？」

在一個非常溫暖的日子，貝格西拉萌發了一個想法——源自於他聽到的某件事情。也許是豪豬伊奇告訴他的；有次當他和莫格利在叢林深處，莫格利把頭枕在貝格西拉漂亮的黑色毛皮上的時候，他對莫格利說：「小兄弟，我對你說希克翰是你的敵人，這話說過多少次了？」

「次數跟棕櫚樹上的堅果一樣多。」莫格利回答，當然他不會數數，「怎麼了？我很睏了，貝格西拉，希克翰也不過是長了尾巴、愛說大話，就像孔雀瑪奧一樣？」

「但是現在不是睡覺的時候。這件事巴盧知道，我知道，狼群知道，就連最最愚蠢的鹿也知道，甚至塔巴庫伊也告訴過你。」

「呵呵！」莫格利說，「不久前塔巴庫伊來找我，無禮地說我是個光著身子的人類小孩，連挖落花生都不配。但是我一把抓起塔巴庫伊的尾巴，朝棕櫚樹上甩了兩下，教訓他要有規矩。」

「那麼做太愚蠢了，塔巴庫伊雖然喜歡製造事端，但是他會告訴你一些和你密切相關的事情。睜大眼睛，小兄弟。希克翰不敢在叢林裡殺你，但是你要記住，阿克拉已經很老了，再過不久他就無法殺死一頭公鹿，到時候他就不再是首領了。在你第一次被帶到大會上時，那些審視過你的狼有許多也都老了，而年輕的狼們相信，就如希克翰告訴他們的，一個人類小孩在狼群裡是沒有立足之地的。很快你就要長大成人了。」

「爲什麼人類就不能跟狼兄弟一起奔跑？」莫格利說，「我生在叢林。我一直遵守叢林法則，哪一頭狼沒有被我拔過腳掌上的刺？他們當然是我的兄弟！」

貝格西拉把身體伸直，半閉著眼睛。「小兄弟，」他說，「摸摸我的下巴。」

莫格利舉起他那棕色健壯的手，伸到貝格西拉柔軟光潔的下巴底下，就在遮住一大片起伏肌肉的光滑毛皮那裡，他摸到一小塊光禿禿的地方。

「叢林裡誰也不知道我貝格西拉有這個記號——戴過頸圈的記號；小兄弟，我是在人類中出生的，我母親也是在人類中死去的——死在歐迪波爾王宮的籠子裡。就是因爲這個緣故，當你還是一個光溜溜的小孩時，我在大會上付出代價保住了你。沒錯，我也是在人類中出生的。我以前沒見過叢林。他們把我關在欄杆後面，用一個鐵盤子餵我吃東西，直到一天

夜晚，我領悟到我是貝格西拉——一頭黑豹——不是人類的玩物，於是我一掌砸壞了那個愚蠢的鎖，離開了那裡。也因為我了解人類的作為，在叢林裡我比希克翰還可怕。不是嗎？」

「是啊，」莫格利說，「叢林裡所有動物都怕貝格西拉——只有莫格利除外。」

「啊，你是人類的小孩，」黑豹非常溫柔地說，「就像我最終回到叢林裡一樣，你最後也必須回到人群裡——回到你的兄弟身旁——如果你不會在大會上被殺死的話。」

「但是為什麼，為什麼他們想殺我？」莫格利說。

「看著我。」貝格西拉說。於是莫格利目不轉睛地盯著他的雙眼。過了半分鐘，大黑豹就把頭轉過去了。

「原因就在這裡，」他一邊說，一邊用爪子在樹葉上磨蹭，「即使是我也無法正眼瞧你啊，小兄弟，況且我是在人類中出生，而且是愛你的。其他動物恨你，因為他們的眼睛不能正視你的目光，因為你聰明，因為你能拔出他們腳爪上的刺，因為你是人類。」

「這些事我都不知道。」莫格利繃著臉說，兩道濃黑的眉毛緊皺起來。

「什麼是叢林法則？先動手再動口。從你那無憂無慮的樣子，他們就知道你是個人。你可要聰明一點啊。我心裡明白，如果下次阿克拉沒法逮到獵物——現在他要逮住一頭公鹿，一

次比一次要費力了——不久狼群就會起來反對他和反對你。
他們會在會議岩上召開叢林大會，然後——然後——我有辦法
了！」貝格西拉跳起來說道，「你快點到山谷中人類的小屋，
拿一些他們種的紅花，那麼，到時候你就會有一個比我、巴盧
或是狼群裡那些愛你的伙伴更強有力的朋友。去把紅花拿來
吧。」

　　貝格西拉所說的紅花就是火，只是叢林裡沒有任何動物能
正確地稱它為火。所有野獸都懼怕火，因此發明了上百種方式
來描述它。

　　「紅花？」莫格利說，「就是黃昏的時候在他們小屋外面
開的花嗎？我去拿一些回來。」

　　「這才像人類小孩說的話，」貝格西拉驕傲地說，「記
住，它長在小盆子裡。快去拿一盆回來，放在身邊以備需要的
時候用它。」

　　「好！我現在就去。但是你確定嗎？貝格西拉，」莫格利
說，他把一隻手臂環繞在貝格西拉光潔的脖子上，深深地望著
他的大眼睛，「你確定這一切都是希克翰搞得鬼？」

　　「小兄弟，我以解放我的那把破鎖發誓，我確定。」

　　「那麼，我以贖回我的那頭公牛發誓，我會讓希克翰受到
懲罰的，也許不只這樣。」莫格利說完，就蹦蹦跳跳地離開貝
格西拉了。

「這才是人，一個完全的人啊！」貝格西拉自言自語地說，他又躺了下來。「啊，希克翰，再也沒有比你十年前那次捕獵青蛙更倒霉的了。」

莫格利已經遠遠地穿越過森林，他拼命地跑著，內心急切。傍晚薄霧升起的時候，他來到了山洞。他喘著氣，看著下方的山谷。小狼們都出去了，然而待在山洞裡的狼媽媽從他的呼吸聲就知道有事情困擾著她的小青蛙。

「怎麼回事啊，兒子？」她說。

「希克翰胡扯了一些話，」他回頭喊道，「我今晚要去耕地那裡捕獵。」說完他就衝下山，穿越灌木叢，一直往山谷底的小溪跑去。他在那裡突然停了下來，因為他聽到狼群捕獵的叫喊聲，聽到一隻被追捕的公鹿的吼叫聲，以及受困後發出的鼻息聲。然後是年輕狼們惡毒刻薄的喊聲：「阿克拉！阿克拉！讓獨身的灰狼展現他的本領吧！把機會留給狼群首領！撲上去啊，阿克拉！」

阿克拉一定撲上去了，但是他沒逮到獵物，因為莫格利聽見他的牙齒咬聲，然後是大公鹿用前腳踢倒他時，他所發出的一聲疼痛的叫聲。

莫格利不再聽下去，他繼續往前奔跑。當他來到村民居住的農地時，背後的叫喊聲已經聽不清楚了。

「貝格西拉說得沒錯。」他在一間小屋窗戶下堆放的牛飼

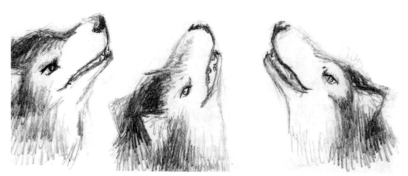

．年輕的狼惡毒刻薄的喊著要阿克拉獨身去獵公鹿。

料上躺下來，氣喘吁吁地說，「對於阿克拉和我，明天是個關鍵日子。」

　　然後他把臉貼近窗戶，望著壁爐裡的火。他看見農夫的妻子在夜裡起來往壁爐裡添了幾塊黑黑的東西。早晨來臨時，天空籠罩著白霧，而且很寒冷，他看見農夫的孩子拿起一個裡面塗抹了泥土的柳條盆子，往裡面放了幾塊火紅的木炭，再把它放到披在身上的毯子下面，然後就跑到外面的牛棚裡照料乳牛了。

　　「就是這樣啊！」莫格利說，「如果一個小孩都能做，那有什麼好害怕的。」於是他邁開大步轉過屋角，迎上那個男孩，把他手中的盆子搶過來，然後消失在白霧裡，那個男孩卻被嚇得嚎啕大哭。

「他們長得和我很像。」莫格利一邊說，一邊對著盆子吹氣，因為他看見農夫的妻子這樣做。「如果不給它東西吃，這玩意兒會死掉的。」於是他在火紅的木炭上放了一些小樹枝和乾樹皮。他在上山的途中遇到貝格西拉，他毛皮上的晨露像月長石般閃閃發亮。

「阿克拉沒有逮住獵物，」黑豹說，「他們本來昨晚就要殺他，但是想連你也一起殺。他們剛才還在山上找你呢。」

「我剛才在耕地裡。我已經準備好了，你看！」莫格利舉起火盆。

「很好！我看過人類把一根乾樹枝投到這東西裡去，過了一會兒，樹枝的一端就會開出紅花。你不怕嗎？」

「不怕。我為什麼要怕？我現在想起來了──如果那不是夢──在我成為狼之前，我曾經躺在紅花旁邊，那裡溫暖又舒服。」

莫格利一整天都坐在山洞裡照料他的火盆，把一根根乾樹枝扔到裡面，看它們燃燒起來的樣子。他發現一根令他很滿意的樹枝。傍晚，當塔巴庫伊來到山洞，很不禮貌地要他到會議岩上去時，他放聲大笑，塔巴庫伊嚇得趕緊逃跑。隨後，莫格利仍然大笑著前往狼群大會。

獨身狼阿克拉在他那塊岩石旁邊躺著，這就表示狼群首領的位置現在空著。希克翰大搖大擺地來回踱步，後面跟著那群

和他一起搜括殘羹剩飯的狼。貝格西拉躺在莫格利身旁，那個火盆就夾在莫格利的兩膝之間。大家都到齊之後，希克翰開始說話——在阿克拉的全盛時期，他從來不敢這麼做。

「他沒有權利說話，」貝格西拉低聲說，「他是個狗崽子，他會被嚇倒的。」

突然莫格利一躍而起。「自由的族群，」他喊道，「是希克翰在領導狼群嗎？一隻老虎和我們的首領有什麼關係？」

「因為首領的位置空著，而且我被邀請來發言——」希克翰開口說道。

「誰邀請你的？」莫格利說，「難道我們都是胡狼，必須奉承你這個殺耕牛的屠夫？狼群的首領由狼群自己來決定。」

此時響起了雜亂的叫喊聲。「閉嘴，你這個人類的小孩！」「讓他說，他一直遵守我們的法則。」最後，一些年長的狼怒吼著說：「讓死狼說話吧。」一旦狼群的首領沒有殺死獵物，只要他還活著，就會被叫做死狼。

阿克拉疲倦地抬起他衰老的頭——

「自由的狼民，還有你們，希克翰的豺狼們，在過去的十二年裡，我率領你們到處捕獵，在這段期間，沒有一隻狼落入陷阱或是受到重傷。現在我沒能殺死獵物，不過你們都知道這個圈套是怎麼設的。你們把我引到一頭不可靠近的公鹿面前，好讓大家看到我的衰弱。很聰明。你們現在有權利在會議

岩上殺死我。不過我要問，由誰來結束獨身狼的性命？根據叢林法規，我有權利要求你們一個一個上來。」

接著是一片長久的沉默，因爲沒有一頭狼願意跟阿克拉作決死的戰鬥。然後希克翰吼叫著說：「呸！我們幹麻要理這個沒牙的笨蛋？他死定了！倒是那個人崽活得太久了，自由的狼民，他一開始就是我的口中肉。把他交給我。我被這種又是人又是狼的荒唐事煩透了。他已經擾亂叢林十年了。把那個人崽給我，否則我就一直在這裡捕獵，連一根骨頭都不留下。他是人，是人的小孩，我恨他入骨！」

然後，超過半數的狼大喊：「人！人！人跟我們有什麼關係？讓他回到他自己的地方去。」

「難道要讓所有村民和我們對抗？」希克翰大嚷，「不行，把他交給我。他是人，我們誰也不敢正視他的眼睛。」

阿克拉再次抬起頭說：「他跟我們一起吃食、一起睡，他幫我們驅趕獵物。他從來沒有違反叢林法則。」

「而且，當初我付了一頭公牛才讓你們接納他。一頭公牛不值什麼，但是貝格西拉也許會爲了他的榮譽而奮戰。」貝格西拉用他最輕柔的嗓音說。

「十年前付出的一頭公牛！」狼群咆哮，「我們會在乎十年前的那幾根牛骨頭嗎？」

「那當初的誓言呢？」貝格西拉說，他的白牙從嘴唇下面

露出來。「虧你們還叫做自由的族群！」

「不能讓人類的小孩和叢林裡的族群一起奔跑，」希克翰叫嚷著，「把他交給我！」

「除了血緣不一樣，他跟我們就像兄弟一樣。」阿克拉繼續說，「而你們卻要在這裡殺死他！老實說，我活得太久了。你們當中，有的吃耕牛，有的聽說在希克翰的教唆下，趁著黑夜到村民的門口搶奪小孩。所以我知道你們是懦夫，我是在跟一群懦夫說話。毫無疑問，我一定會死，我的生命沒什麼價值，否則我願意用它來換取人類小孩的性命。但是爲了狼群的

・莫格利始終站在阿克拉這邊。

榮譽——你們因為沒有首領，就忘了這件小事——我向你們保證，如果你們讓人類小孩回到他自己的地方，那麼，當我的死期到來的時候，我連牙齒都不會對你們齜一下，我會毫不反抗的死去。這樣至少能挽救狼群裡的三頭狼。我只能做到這樣，其他的就無能為力了；但是如果你們這麼做的話，我可以使你們免於蒙上殺死一個無辜兄弟的恥辱——這個兄弟是依據叢林法則，有動物替他說話並且付出代價贖買進狼群的。」

「他是個人——一個人——一個人！」狼群咆哮。大多數的狼開始聚集到希克翰旁邊，他的尾巴也開始搖了起來。

「現在就看你的了，」貝格西拉對莫格利說，「除了打一場，我們別無選擇。」

莫格利筆直地站著，手裡拿著火盆。然後他張開雙手，對著大會打了一個哈欠，但是他非常憤怒和難過，因為這些狼畢竟是狼，從來沒對他說過他們有多麼痛恨他。「你們聽著！」他大喊，「用不著再像狗一樣吠個不停。你們今晚已經告訴我很多次我是個人（其實，本來我這輩子都要和你們在一起當一頭狼的），所以我想你們說的沒錯。因此，我再也不把你們叫作我的兄弟，而是應該像人那樣，把你們叫作狗。你們要做什麼，不做什麼，不是你們說了就算。這件事要由我決定；為了讓你們把事情看得更清楚，我，也就是人，帶來了你們這群狗害怕的一小盆紅花。」

　　他把火盆扔到地上，幾塊火紅的木炭點燃了一簇乾苔蘚，燒了起來。大會上所有的動物都被跳躍的火焰嚇得往後退。

　　莫格利把那根乾枯的樹枝放進火裡點燃，發出劈啪聲響，然後把它舉到頭上揮舞，周圍的狼群害怕得蜷縮成一團。

　　「你現在掌控了大局，」貝格西拉低聲說，「拯救阿克拉，他一向是你的朋友。」

　　阿克拉，一輩子沒乞求過的堅強老狼，此時對莫格利投以哀憐的目光。這男孩光著身子站著，烏黑的長髮披散在肩膀，身影在樹枝燃燒的火光映照下不斷地跳動。

　　「很好！」莫格利慢慢地環顧四周說，「我看出你們都是狗。我要離開你們回到我自己的族人那裡去——如果他們是我的族人的話。叢林已經對我關上了門，我必須忘記你們的談話和友誼，但是我會比你們更仁慈。因為我除了血統之外，也曾經算是你們的兄弟，因此我保證，等我成為人類中的一員的時候，我不會像你們出賣我那樣，把你們出賣給人類。」他用腳踢了一下火堆，火花飛迸起來。「我們人類和狼群之間不會有戰爭。但是在我離開之前，還有一筆帳要算。」莫格利大步走向希克翰，抓住他下巴的一撮毛，他還傻傻地坐在那裡對著火焰眨眼睛。貝格西拉跟在莫格利後面，以防意外發生。「起來，你這條狗！」莫格利大喊，「人說話的時候，你要站起來，否則我就把你身上的毛皮燒掉！」

・希克翰要從狼群中要回「莫格利」。

希克翰的
耳朵往後平貼
在腦袋上，閉
上了眼睛，因
爲那根燃燒的樹枝
離他很近。

「這隻殺耕牛的傢
伙說，我還是個小孩的時
候他沒有殺我，所以他
要在大會上殺死我。那
麼，就是這樣，再一
下，我們人類就是這樣
打狗的。瘸子，你只要動
一根鬍鬚，我就把紅花塞進你
的喉嚨。」他用那根樹枝敲打
希克翰的腦袋。這隻老虎害怕
得發出哀鳴聲。

· 莫格利的火紅木炭嚇壞了大會上的動物。

「哼！被燒焦的叢林野貓——立刻滾開！但是記住，下次
當我以人的身分來到會議岩的時候，頭上一定會頂著希克翰的
毛皮。至於其他人，阿克拉可以自由地生活。你們不能殺他，
因爲我不允許。我看你們也不想繼續坐在這裡，你們伸出舌

頭，表現得像是什麼重要的傢伙，其實也不過是被我趕出去的一群狗──就這樣，滾吧！」樹枝一端的火焰熊熊地燃燒著，莫格利一面繞著圈子一面左右揮舞，火花飛迸到狼的毛皮上燃燒起來，他們嗥叫著逃跑。最後，只剩下阿克拉、貝格西拉，還有支持莫格利的十多頭狼。這時候，什麼東西開始刺痛莫格利的內心，他從來沒有這麼痛過，他喘了一口氣，便啜泣起來，淚水滑落了臉頰。

「這是什麼？這是什麼？」他說，「我不想離開叢林，我不知道這是什麼。我要死了嗎，貝格西拉？」

「不會的，小兄弟。那只是人類流的眼淚。」貝格西拉說，「我知道你現在已經是個大人，不再是個小孩。從此之後，叢林真的對你關上了大門。讓眼淚流下吧，莫格利。那只是眼淚。」於是莫格利坐了下來，放聲大哭，彷彿心都要碎了；他以前從來沒有哭過。

「現在，」他說，「我要到人類那裡了，不過我得先跟媽媽道別。」於是他回到狼媽媽和狼爸爸居住的洞穴，他趴在她身上哭泣，其他四隻小狼也難過地嗥叫著。

「你們不會忘了我吧？」莫格利問道。

「只要我們還有辨別蹤跡的能力，就絕對不會忘記。」小狼們說，「當你成為人之後，可以到山腳下和我們聊天；夜晚我們也可以到耕地去找你玩。」

「要快點回來啊！」狼爸爸說，「噢，聰明的小青蛙，要快點回來；因為我和你媽媽都老了。」

「要快點回來啊！」狼媽媽說，「我這光溜溜的小兒子。聽我說，人類的小孩，我愛你勝過愛我自己的小狼。」

「我一定會回來的。」莫格利說，「等我回來的時候，我會把希克翰的毛皮鋪在會議岩上。不要忘了我！告訴叢林裡的夥伴們，永遠不要忘記我！」

天即將破曉，莫格利獨自走下山坡，去會見那些所謂人類的神秘動物。

西奧尼狼群獵歌

天將破曉，黑鹿在鳴叫，

一次、一次、又一次！

樹林裡野鹿喝水的池子邊，

一隻雌鹿躍起，一隻雌鹿躍起。

我獨自觀察，注視，

一次、一次、又一次！

天將破曉，黑鹿在鳴叫，

一次、一次、又一次！

一頭狼悄悄返回，一頭狼悄悄返回，

為等待的狼群帶來消息，

沿著他的足跡，我們尋找，我們發現，我們吠叫，

一次、一次、又一次！

天將破曉，狼群在嗥叫，

一次、一次、又一次！

腳爪在叢林裡不留印記！

眼睛能透視黑夜——那黑夜！

對著獵物大聲嗥叫吧！聽！喔，聽！

一次、一次、又一次！

第二章　卡亞捕獵

斑點是花豹的快樂，
犄角是水牛的驕傲。

要遵守法則，
因為從獵獸光滑的毛皮可看出他的力量，

如果你發現小公牛可以將你拋起，
濃眉的黑鹿能用角牴你；

你不須停下工作來告訴我們：
我們十年前就已經知道。

不要欺負陌生的幼獸，
要待他們如兄弟姐妹一樣，

雖然他們又小又胖，
但是熊也許就是他們的媽媽。

「我是舉世無雙！」
初次捕殺獵物的幼獸驕傲地說。

但是叢林廣大，而幼獸還小。
讓他好好思索，保持冷靜。

——巴盧箴言

第二章
卡亞捕獵

　　以下要說的故事發生在莫格利被趕出西奧尼狼群之前，或者說是他向老虎希克翰復仇之前。那一陣子巴盧正在教導他叢林法則。這個高大、嚴肅的老棕熊很高興有一個機靈的學生，因為小狼們都只願意學習與自己族群和部落有關的法則，而且一旦會背誦捕獵詩文，就跑得無影無蹤。捕獵詩文：「腳下無聲，眼睛能透視黑夜，耳朵能在巢穴裡聽見風聲，牙齒潔白又尖銳，這些都是我們兄弟的特徵，除了胡狼塔巴庫伊和我們痛恨的土狼。」但是莫格利是個人類小孩，要學的東西比這還要多許多。有時候，黑豹貝格西拉會漫步穿越叢林，來看看他鍾愛的孩子學習的如何，而當莫格利向巴盧背誦當天學習的內容時，他還會把頭靠在樹上發出低沉的嗚嗚聲。這個男孩爬樹像游泳一樣快，游泳又像跑步一樣快。因此，叢林導師巴盧還教他樹林和水的法則：如何辨別腐朽的樹枝和好的樹枝；當他碰到離地面五十呎高的蜂窩，如何禮貌地與野蜂打招呼；萬一在正午時打擾了蝙蝠曼恩，該如何向他道歉；當他跳入水池之前，又該如何警告水蛇注意。叢林裡的任何動物都不喜歡被打

擾，而且隨時做好攻擊入侵者的準備。因此，莫格利也學會在
陌生地盤的捕獵口則，任何叢林動物在自己的地盤以外的地方
捕獵時，都必須反覆大聲喊這個口則，直到有其他動物回應。
這個口則的意思就是：「我餓了，請允許我在這裡捕獵。」而
回答是：「那麼請為了食物捕獵，不要為了玩樂而捕獵。」

　　從以上這些就可看出莫格利要牢記的東西有多少，而他對
於相同的東西要背誦上百遍感到非常厭倦。有一天，莫格利被
巴盧打了一巴掌，氣呼呼地跑掉時，巴盧對貝格西拉說：「人
崽就是人崽，他非得學會所有叢林法則不可。」

　　「但是他還那麼小，」黑豹說，「小腦袋瓜哪裝得下那麼
多東西？」如果讓貝格西拉來教莫格利，早就把他寵壞了。

　　「在叢林裡，有什麼動物會因為太小而不被殺？不會。這
就是為什麼我要教他這些東西，為什麼他忘記的時候我要輕輕
地打他一下。」

　　「輕輕地！老鐵爪，你也知道什麼是輕輕地嗎？」貝格西
拉咕噥著說，「今天他整張臉都瘀傷了，就因為你——輕輕地
打一下。哼！」

　　「讓他被疼愛他的我打得全身瘀傷，總比因為無知而受到
傷害來得好。」巴盧認真地說，「我正在教他叢林密語，這能
使他不受到鳥類、蛇類和所有除了自己族群以外的四腳動物傷
害。只要他記住這些密語，就能向叢林裡所有動物尋求保護。

這輕輕的一頓打還不值得嗎？」

「那麼小心點，別把這孩子打死了。他可不是讓你磨爪子的樹幹。但是，什麼是叢林密語？我多半是幫助他人，很少求助他人。」貝格西拉伸出一隻腳，欣賞著末端那幾根鐵青色、鑿子般的尖爪，「不過我還是想知道。」

「我把莫格利叫來，讓他來說──如果他願意的話。來吧，小兄弟！」

「我的頭還在嗡嗡作響呢！」他們的頭上傳來悶悶不樂的聲音，接著就看到莫格利氣呼呼地從樹幹上滑下來，到達地面時還加了一句，「我是為了貝格西拉來的，不是為了你，胖老巴盧！」

‧棕熊巴盧正在教導莫格利「叢林法則」，黑豹貝格西拉總隨伺在側。

「我無所謂。」巴盧回答，其實他內心受了傷，而且很難過，「你現在就告訴貝格西拉，我今天教你的叢林密語。」

「哪個族類的密語？」莫格利問，很高興可以炫耀一下，「叢林裡有很多種語言，我全都懂。」

「你學會的並不多，只有一小部分。貝格西拉，你看看，他們從來不懂得感謝老師。從來沒有一隻小狼回來謝謝老巴盧的教導。那麼，就說說獵食族的密語吧——大學者。」

「你和我，我們血脈相連。」莫格利用熊的腔調說，所有獵食族群都用這種腔調。

「很好，現在說說鳥類的密語。」

莫格利背誦了一遍，最後還加上一聲鳶鷹的嘯叫。

「現在換蛇類的密語。」貝格西拉說。

莫格利發出了一陣完美得難以形容的嘶嘶聲。他把雙腳往後踢起，拍著手替自己鼓掌，然後跳到貝格西拉的背上側坐下來，用腳跟敲打黑豹光滑的毛皮，還對著巴盧扮了一個很難看的鬼臉。

「你瞧——你瞧！那一點點瘀傷還是值得的。」棕熊柔聲說，「總有一天你會想起我的。」然後他轉向貝格西拉，告訴他自己是如何向通曉密語的野象海瑟求教，海瑟又是如何帶著莫格利到池塘，從一條水蛇那裡得到蛇族密語，因為巴盧發不出這種聲音；所以現在莫格利在叢林裡可以安全無虞，因為不

管是蛇類、鳥類或野獸都不會傷害他。

「那麼他就誰都不怕了。」巴盧說完，驕傲地拍著他毛茸茸的大肚子。

「除了他自己的族群。」貝格西拉低聲說；接著他大聲地對莫格利說：「當心我的肋骨，小兄弟！你跳上跳下地做什麼啊？」

莫格利為了讓他們聽他說話，不但扯著貝格西拉肩膀上的毛，還用力踢著腳。當他們靜下來聽他說話時，莫格利以最大的音量喊道：「所以我要有自己的部落，然後整天帶領族人在樹林間穿梭。」

「這是什麼傻話啊，愛作夢的小傢伙？」貝格西拉說。

「是真的，還要向老巴盧丟擲樹枝和泥土，」莫格利繼續說，「他們答應我要這麼做。啊！」

「呵！」巴盧的大爪子把莫格利從貝格西拉的背上抓下來。當莫格利被夾在巴盧的兩隻大前爪之間時，他知道棕熊生氣了。

「莫格利，」巴盧說，「你一直在和班達洛格那群猴子打交道。」

莫格利看著貝格西拉，想知道他是不是也生氣了，只見貝格西拉露出像玉石般冷峻的眼神。

「那群猴子——那些灰猿，毫無法紀，什麼都吃——你竟

然和他們鬼混。真是丟臉。」

「當巴盧打我的頭，」莫格利說（他還躺在地上），「我就跑開，灰猿們從樹上下來，他們都同情我。其他人根本不在乎我。」他小聲地抽著鼻子說。

「猴子會有同情心！」巴盧哼了一聲，「那山澗的溪水就要停止了，夏天的陽光就要變涼了！然後呢，人崽？」

「然後，然後他們給我堅果和好吃的東西，而且他們——他們抱著我爬到樹梢上，還說我是他們的親兄弟，只是我沒有尾巴，總有一天我會成為他們的首領。」

「他們沒有首領，」貝格西拉說，「他們在說謊。他們總是在說謊。」

「他們很親切，而且邀請我再過去。為什麼你們從來沒帶我去過猴群那裡？他們和我一樣能站立，他們不會用硬爪子打我。他們整天都在玩。讓我起來！壞巴盧，讓我起來！我要再去跟他們玩。」

「聽著，人崽。」棕熊說，他的聲音彷彿炎熱夜裡隆隆的雷聲，「我已經把叢林裡所有族類的法則都教你了——除了住在樹上的猴族。他們沒有法紀，他們是被遺棄的族群。他們沒有自己的語言，只會待在樹上偷聽、偷看、偷學別人的話語。他們的生活方式和我們不一樣。他們沒有首領。他們沒有記憶。他們喜歡吹噓、喋喋不休，而且妄稱自己是偉大的族群，

即將在叢林裡成就一番大事。但是只要樹上掉下一顆果子，他們就會笑得前翻後仰，然後把一切都忘得一乾二淨。我們叢林動物不跟猴子打交道。我們不在猴子喝水的地方喝水；我們不去猴子會去的地方；我們不在他們獵食的地方獵食；我們不會死在他們死去的地方。直到今天，你有聽我提起過班達洛格嗎？」

「沒有。」莫格利低聲說，因為巴盧已經把話說完，整座森林頓時靜悄悄的。

「叢林動物絕口不提那些猴子，並且將他們逐出腦海。他們數量很多，而且邪惡、骯髒、無恥，如果說他們有什麼堅定的欲望，那就是他們希望引起叢林動物的注意。但是我們就是不理會他們，即使他們把果核和髒東西往我們頭上扔也一樣。」

他話一說完，就有大量的果核和小樹枝從樹枝間撒落下來，他們可以聽到高處的細樹枝間有噗咻聲、嗥叫聲和憤怒的蹦跳聲。

「叢林動物禁止和猴子打交道，」巴盧說，「記住。」

「絕對禁止。」貝格西拉說，「不過對於這一點，我還是覺得巴盧應該早點警告你。」

「我——我？我怎麼知道他會和那些廢物一起玩 。 猴子！呸！」

接著頭上又是一陣雨般的東西落下，於是他們倆帶著莫格利快步離開。巴盧剛才對猴子的描述一點都不假。他們住在樹梢，野獸又很少抬頭往上看，所以猴子和叢林動物根本沒有機會相遇。但是只要猴子發現一頭生病的狼、受傷的老虎或熊，他們就會捉弄他；他們還會以向野獸丟擲樹枝和果子為樂，希望藉此引起注意。

然後他們會大聲喊叫，尖聲唱著無意義的歌，引誘叢林動物爬到樹上和他們打架；他們彼此間也會毫無緣由地激烈打

鬥，然後把死去的猴子留在叢林動物看得見的地方。他們總是差一點就有了自己的首領、法令和習俗，但是從來沒有成功，因爲他們的記憶往往維持不了一天。因此，爲了給自己台階下，他們發明一個說法：「班達洛格現在想到的事情，叢林動物以後才會想到。」這句話令他們頗感安慰。沒有任何野獸抓得住他們，但另一方面也沒有野獸會注意到他們，所以當莫格利去和他們玩耍，又知道巴盧大發雷霆時，他們才會那麼高興。

他們從來沒想過多做點事——班達洛格從來就沒什麼打算。但是其中一隻猴子想出了一個自以爲聰明的點子，他告訴其他猴子，如果把莫格利留在族裡應該會很有幫助，因爲他會編織樹枝來擋風；因此，如果抓住莫格利，就可以要求他教他們。當然，莫格利是樵夫的孩子，他遺傳了樵夫所有的本能。他經常想都不用想，就能用掉落的樹枝搭蓋小棚子。猴子們在樹上看著他，覺得他太神奇了。這一次，猴子們說他們真的想有一位首領了，而且要成爲叢林裡最聰明的族群——聰明得讓其他動物都注意他們、忌妒他們。因此，他們悄悄地跟著巴盧、貝格西拉和莫格利穿越叢林，直到午睡時間到來。莫格利睡在黑豹和棕熊中間，他對自己感到十分羞愧，暗自決心不再跟猴子來往了。

接下來，莫格利只記得好像有幾隻手——粗硬、強壯的小

手——放在他的腳上和手臂上，然後就是一簇簇枝葉往臉上拍打，他透過搖晃的大樹枝縫隙往下看，只見巴盧深沉的吼聲喚醒了整座叢林，貝格西拉則齜牙咧嘴地往樹上跳。班達洛格以勝利的姿態歡呼，急忙跑到貝格西拉不敢追上來的較高樹幹上，大喊著：「他注意到我們了！貝格西拉注意到我們了！所有叢林動物都欽佩我們的才能和靈巧。」然後他們開始飛行；猴子在樹間的飛行是誰都無法形容的。

他們有固定的道路和支路，有上山有下山，全都在離地面五十到七十或一百呎的地方，這樣，必要的時候，他們也能在夜間行走。兩隻最強壯的猴子抓住莫格利的手臂，帶著他在樹梢上向遠處盪去，一跳就是二十呎。如果不是被男孩的重量妨礙，他們自己跳的速度會比這快上兩倍。雖然莫格利感到一陣噁心暈眩，雖然瞥見離地面很遙遠而感到害怕，雖然騰空搖盪後猛然一停差點把他嚇得心都要跳出來了，他還是喜歡這種飛躍狂奔。

莫格利一度害怕自己會掉下來。然後害怕轉為氣憤，但他知道不能掙扎，於是他開始思索起來。首先要做的，就是傳話給巴盧和貝格西拉，依照猴子行進的速度，他的朋友一定被遠遠地拋在後頭。此時往下看也沒有用，因為只能看到樹枝頂端，於是他抬起頭往上看，遠處的藍天中，鳶鷹契爾正在叢林上方盤旋觀望，等待動物死去。契爾看見猴子們抬著什麼東

西，於是往下飛了幾百碼，想看看他們抬的是不是好吃的東西。當他看見莫格利被拖到樹頂，又聽見他喊出鳶鷹的密語「你和我，我們血脈相連」，不禁發出驚奇的嘯叫。晃動的枝葉遮住了男孩，但是契爾飛往下一棵樹時，正好看見那張棕色的小臉再次出現。「記住我的去向，」莫格利大喊，「告訴西奧尼狼群的巴盧和會議岩的貝格西拉。」

「以誰的名義，兄弟？」契爾從來沒見過莫格利，不過一定聽說過。

「青蛙莫格利。他們都叫我人崽！記住我的去——向！」

最後幾個字變成了尖叫，因為他又被拋到了空中。契爾點點頭便往高處飛去，直到看起來像個小黑點。然後他在那裡盤旋，用他那雙有如望遠鏡的眼睛，緊盯著莫格利的護衛者飛奔而過時晃起的樹梢。

「他們走不遠的，」契爾笑著說，「他們從來不會有始有終。班達洛格總是不停地找新鮮事做，如果我沒看錯，這次他們給自己惹上大麻煩了，因為巴盧可不是未經世故的小熊，而貝格西拉，據我所知，也不是只會獵殺山羊。」

他揮動著翅膀，並且收起雙腳等待著。

這個時候，巴盧和貝格西拉又氣又難過。貝格西拉從來沒有這麼奮力地爬過樹，但是細小的樹枝承受不了他的體重而斷裂，於是他滑了下來，爪子上都是樹皮。

「你為什麼不警告人崽？」他對可憐的巴盧大吼，巴盧則笨拙地跑著，希望能趕上猴群。「你不警告他，光是把他打個半死有什麼用？」

「快點！快點！我們——我們也許能趕上他們！」巴盧氣喘吁吁地說。

「以這樣的速度！一頭受傷的牛都不會被累垮。法則老師——打人崽的傢伙——這樣來回跑一哩就能讓你的骨頭都散掉。坐下來想想辦法吧！沒時間追趕了，萬一我們追得太緊，他們會把他扔下來的。」

「哎呀！嗚！他們帶著他太累了，說不定已經把他扔下來了。誰會相信班達洛格啊？把死蝙蝠放在我頭上吧！讓我啃黑骨頭吧！把我推到蜂窩裡，讓我被野蜂螫死吧！把我和土狼一起埋了吧！因為我是一頭最不幸的熊！哎呀！嗚！喔，莫格利，莫格利！我為什麼沒警告你遠離那些猴子，只顧著打你的頭呢？被我這麼一打，說不定就把今天學的都忘了，記不得密語而孤零零一個人在叢林裡。」

巴盧緊抓著自己的雙耳，一面來回翻滾，一面發著牢騷。

「至少他剛才背誦的密語都正確。」貝格西拉不耐煩地說，「巴盧，你這個沒記性又不自重的傢伙。如果我黑豹像豪豬伊奇那樣蜷縮起身子嚎叫，叢林裡的動物會怎麼想？」

「我管他們怎麼想！他現在可能已經死了！」

「除非他們開玩笑地把他從樹上扔下，或者因為無聊而把他殺了，否則我一點都不擔心人崽。他既聰明又接受良好教育，最重要的是他擁有一雙叢林動物都害怕的眼睛。但是（這是一大不幸），他落在班達洛格的手中，而他們因為住在樹上，根本不怕我們。」貝格西拉若有所思地舔了舔前爪。

「我這個笨蛋！哦，我這個挖樹根的棕色傻胖子，」巴盧猛地挺直身子說，「野象海瑟說得沒錯，『一物剋一物』，班達洛格最怕的是蟒蛇卡亞。卡亞的爬樹技巧和他們一樣好，而且他在夜裡偷抓小猴子。只要低聲說出他的名

．頑皮的猴群，正要把莫格里帶走。巴盧和貝格西拉來不及阻止。

字，就可以讓猴子邪惡的尾巴發涼。我們去找卡亞。」

「他能幫我們什麼？他不是我們的族類，他沒有腳──而且有最邪惡的眼睛。」貝格西拉說。

「他已經上了年紀而且很狡猾，最重要的是，他總是覺得肚子餓。」巴盧滿懷希望地說，「我想，多給他幾頭山羊就沒問題了。」

「他一吃完東西就要睡上一整個月。他現在或許在睡覺，就算他醒著，要是他寧可自己去獵殺山羊，那怎麼辦？」貝格西拉不太了解卡亞，當然心存懷疑。

「如果那樣，老獵手，你和我聯手也許可以讓他改變心意。」巴盧用他那褪色的棕毛肩膀碰了碰黑豹，隨後他們就出發去找蟒蛇卡亞了。

他們找到卡亞時，他正在一塊被午後陽光曬得暖暖的岩架上舒展身子，欣賞自己美麗的新外衣。過去十天他一直隱蔽在這裡蛻皮，現在的他顯得光彩奪目──他那有著鈍鼻子的大腦袋順著地面迅速游動，三十呎長的身子捲纏成古怪的結和曲線，他舔舔舌頭，想著自己的下一餐。

「他還沒吃東西。」巴盧一看到他那色彩斑駁、棕黃交錯的美麗外套，鬆了一口氣說，「小心點，貝格西拉！他剛蛻完皮視力很差，而且攻擊性很強。」

卡亞不是毒蛇──實際上他很瞧不起毒蛇，認為他們都是

儒夫——不過他的力量在於他的捲縮力，一旦被他巨大的身體纏住，那就多說無益了。「捕獵順利！」巴盧坐直身子喊道。和其他同類一樣，卡亞的聽力很差，一開始並沒有聽到巴盧的喊聲。於是他蜷起身子，準備應付一切突發事情。他又把頭低了下來。

「大家都捕獵順利！」他回答，「喔，巴盧，你在這裡做什麼？貝格西拉，捕獵順利！我們當中一定有一個需要食物。有什麼獵物的消息嗎？一頭母鹿，或甚至是一頭小公鹿？我的肚子空得就像一口枯井。」

「我們正在打獵。」巴盧隨便回答，他知道不能催促卡亞，他太龐大了。

「讓我和你們一起去吧。」卡亞說，「一次獵捕對你貝格西拉和巴盧來說不算什麼，但是我——我得在樹林小徑等上好幾天，還得花大半夜的時間爬到樹上，才有機會抓到一隻小猴子。唉！那些樹枝已經和我年輕時不一樣，不是腐爛就是乾枯了。」

「也許這和你體重太重有關係。」巴盧說。

「我的身子確實相當長——相當長。」卡亞略顯驕傲地說，「不過儘管如此，還是得怪那些新長的樹木。上次我差點就捕到獵物——真是只差一點——因為我的尾巴沒有纏緊樹幹，我滑落時的聲音吵醒了班達洛格，他們就用最惡毒的字眼毫不

留情地罵我。」

「沒有腳的黃蚯蚓。」貝格西拉說，好像在努力回想著什麼事情。

「嘶！他們是那樣叫我的嗎？」卡亞問。

「上個月他們好像就是用那一類的字眼對我們大喊，但是我們從來不理他們。他們什麼話都說得出口——甚至說你的牙齒已經掉光，只要比小山羊大一點的動物你都不敢面對（那些班達洛格真的很無恥），因為——因為你害怕公羊的犄角。」貝格西拉溫婉地說。

蛇很少會顯現怒氣，尤其像卡亞這樣謹慎、年邁的蟒蛇，但是巴盧和貝格西拉卻看到卡亞喉嚨兩邊的大吞嚥肌在抽動，鼓脹起來。

「班達洛格更換地盤了，」他平靜地說，「今天我出來曬太陽的時候，聽到他們在樹梢間奔馳吶喊。」

「我們——我們現在就是在追蹤班達洛格。」巴盧說，但是話卻卡在喉嚨裡，因為就他記憶所及，這是第一次有叢林動物承認對猴群的所作所為感興趣。

「能夠勞駕你們兩位捕獵高手——叢林裡的領導者——來追蹤班達洛格，我敢肯定這不是件小事。」卡亞禮貌地回話，心中則充滿了好奇。

「其實，」巴盧說，「我只不過是西奧尼幼狼的法則老

師，不但老了，有時也很愚蠢，而這個貝格西拉——」

「是貝格西拉。」黑豹的嘴巴啪地一聲闔起來，他不覺得謙卑有什麼用，「事情是這樣的，卡亞。那些偷堅果、摘棕櫚葉的傢伙把我們的人崽擄走了，你可能聽說過他了。」

「我從伊奇那裡聽到一些（他就靠著那身硬毛到處放肆），他說狼群收養了一個人什麼的，但是我不相信。伊奇滿肚子都是道聽塗說的事。」

「但這事是真的。這個人崽可真是前所未見，」巴盧說，「他是最優秀、最聰明、最勇敢的人崽——是我的學生，他會讓我巴盧揚名整個叢林；而且，我——我們都愛他，卡亞。」

「嘶！嘶！」卡亞一邊說，一邊前後擺著頭，「我也懂什麼是愛，我還可以說出一些故事——」

「那得選一個晴朗的夜晚，等我們都吃飽了再來讚美一番。」貝格西拉趕緊說，「我們的人崽還在班達洛格手中，而我們知道所有叢林動物裡他們只怕你卡亞。」

「他們只怕我，那是當然的。」卡亞說，「聒噪、愚蠢、自負——自負、愚蠢、聒噪，那就是猴子。但是一個人落在他們手中，那可真不幸。他們也叫我——『黃魚』，對不對？」

「是——是蚯蚓，」貝格西拉說，「還有一些稱呼我實在不好意思說。」

「我們必須提醒他們要稱讚主人。嘶嘶！我們必須幫他們

糾正錯亂的記憶。那麼，他們把人崽帶到哪裡去了？」

「只有叢林知道。我想，應該是朝日落的方向去了。」巴盧說，「我們還以為你知道，卡亞。」

「我？我怎麼會知道？他們妨礙到我的時候我才會抓他們，我不會為了那種事獵捕班達洛格或青蛙——或者可說是水洞裡的綠浮渣。」

「上面！上面！喂！喂！看上面，西奧尼狼群的巴盧！」

巴盧抬起頭看看聲音從哪裡來，只見鳶鷹契爾俯衝而下，陽光照在他那往上翹起的翅膀邊緣。已經接近契爾睡覺的時間，他卻在叢林上空到處尋找巴盧，但是因為枝葉太過茂密而一直沒找到。

「什麼事？」巴盧說。

「我看到莫格利在猴群裡，他要我來通知你。我觀察過了，班達洛格帶著他越過河流，往猴城——寒穴——去了。他們可能會在那裡待一夜，或者十夜，也或者一小時。我已經請蝙蝠徹夜盯著他們了。這就是我要傳達的話。下面所有的朋友，祝你們捕獵順利！」

「也祝你吃得飽睡得好，契爾。」貝格西拉大聲說，「下次捕獵的時候我會記得你的，我會把獵物的頭留給你。最棒的鳶鷹！」

「那沒什麼！沒什麼！那男孩會說密語，這是我應該做

的。」契爾說完再度盤旋飛升，回他棲息的地方去了。

「他沒有忘記使用密語。」巴盧驕傲地笑著說，「你想想，這麼小一個人被拖著在樹林間穿梭，竟然還記得鳥類密語啊。」

「那是被你硬塞進去的，」貝格西拉說，「不過我還是以他為榮。我們現在必須出發去寒穴了。」

他們都知道那地方，但是幾乎沒有叢林動物去過，因為他們所謂的寒穴，是一個湮沒在叢林裡的荒蕪古城，而且野獸很少利用人類曾經居住過的地方。野豬會，獵食性動物則不會。而且，那裡住了一大群到處為家的猴子，有自尊的動物是不會到那個地方的，除了在乾旱時節，因為半毀壞的水池和水庫還會剩一點水。

「以最快速度趕去，也得花上大半夜的時間。」貝格西拉說；巴盧則一副嚴肅的表情，憂心忡忡地說：「我會盡快地跑。」

「我們可沒辦法等你。跟著吧，巴盧。我和卡亞必須快速前進。」

「不管有腳還是沒腳，我都可以跟得上你的四隻腳。」卡亞簡要地說。巴盧使勁地跑，但一段時間後還是得坐下來喘氣，他們只好丟下他在後面追趕了。貝格西拉以黑豹快速的步伐向前奔去。卡亞沒說什麼，不過儘管貝格西拉奮力地跑，這

條大蟒蛇還是能跟他並駕齊驅。當他們來到一條山間小河，貝格西拉領先了，因爲他一跳就越過小河，而卡亞得把頭和兩呎長的脖子露出水面游過去。不過上岸之後，卡亞很快就趕上了貝格西拉。

「憑著解放我的那把破鎖發誓，你的速度一點都不慢！」暮色微露時，貝格西拉說。

「我餓了，」卡亞說，「而且，他們還說我是有斑點的青蛙。」

「是蚯蚓，而且還是黃色的蚯蚓。」

「都一樣。我們繼續走吧。」卡亞目不轉睛地尋找最近的路，然後彷彿倒在地面上的水似的，循線快速往前游去。

寒穴裡的猴子根本沒想到莫格利的朋友。他們把男孩帶到了廢城，此刻還滿心歡喜呢。莫格裡從來沒看過印度城市，雖然這裡幾乎已成廢墟，但似乎仍顯得非常壯麗。很久以前，某位國王在一座小山上建立了這座城市，如今沿著石子路來到已經毀壞的城門，依然可以看到殘餘的木頭碎片掛在磨損生鏽的鉸鏈上。樹木高過了城牆，牆內的樹往外長，牆外的樹也伸了進來。城垛已經傾毀，野生藤蔓從塔樓的窗戶裡伸出來，一簇簇濃密地爬滿整座牆。

山頂上矗立著一座大宮殿，屋頂已經不見，庭院和噴水池的大理石也都裂開，到處長滿了紅紅綠綠的斑點，而昔日國

王的大象居住的庭院裡，地上的鵝卵石也被野草和小樹推擠開來。從宮殿這裡，你可以看見一排排沒有屋頂的房子，這讓整個城市看起來像是塡滿黑洞的蜂窩；你還可以看見在四條大路交會的廣場上有一塊沒有形狀的大石頭，那原本是一尊雕像；還有街角的坑坑窪窪，那是昔日的公用水井；那些已經毀壞的廟宇圓頂旁邊則長滿了野生的無花果新芽。猴子們把這個地方稱爲他們的城市，佯裝瞧不起叢林動物，因爲他們住在樹林裡。然而，他們從來不知道這些建築物有什麼用處，又該如何使用。

猴子們把莫格利拖到寒穴時已經傍晚了，通常在長途跋涉之後他都會睡上一覺，但猴子們卻手拉手跳起舞來，還唱著那些愚蠢的歌。其中一隻猴子發表了演說，他告訴同伴們，抓到莫格利意味著揭開班達洛格的歷史新頁，因爲莫格利會教他們編織樹枝和藤條來擋雨防寒。莫格利撿了一些藤蔓並且編了起來，猴子們試著模仿，但是不到幾分鐘就失去了興趣，開始去拉同伴的尾巴或是跳上跳下，還一邊發出咳嗽聲。

「我想吃東西。」莫格利說，「叢林裡的這個地方我不熟悉，幫我拿點吃的東西，不然就讓我自己去獵食。」

二、三十隻猴子蹦蹦跳跳離開去幫他摘堅果和八婆果，但是半路上卻打起架來，而要他們把剩下的水果帶回去是不太可能的。莫格利又氣又餓，他在空蕩蕩的城裡漫步，不時喊著在

陌生地盤的捕獵口則，但是沒有人回應他。莫格利覺得自己真的到了一個糟透了的地方。「巴盧所說關於班達洛格的一切都是真的，」他對自己說，「他們沒有法紀、沒有捕獵口則，也沒有首領——什麼都沒有，除了一些蠢話和偷東西的小手。如果我在這裡餓死或被殺死，也只能怪自己。不過我一定要想辦法回到自己的叢林。巴盧肯定會打我，但總比跟班達洛格追逐無聊的玫瑰花瓣來得好。」

　　他剛走到城牆邊，猴子們就把他拖回去，說他不知道自己現在有多幸福，還捏他，要他懂得感激。他咬著牙不發一語，只是跟著大聲叫嚷的猴子來到一個露台，露台下方有幾個用紅色沙岩造的蓄水池，裡面有半滿的雨水。露台的中央有一個毀壞的白色大理石建築，那是一百多年前為皇后們建造的避暑夏宮。圓屋頂有一半已坍塌下來，堵住了昔日皇后們進出宮殿的地下通道。但是宮牆是由大理石窗花格組成的——美麗的乳白色浮雕，鑲嵌著瑪瑙、紅玉髓、碧玉和青金石。當月亮從山後升起，月光透過鏤空的窗花格，映在地上的影子彷彿黑色的天鵝絨刺繡。雖然莫格利又痛、又睏、又餓，但是當班達洛格以二十隻為單位，開始對莫格利說他們有多麼偉大、聰明、強壯、溫柔，又說他太愚蠢了才會想要離開他們時，他還是忍不住笑了出來。他們大喊著：「我們是偉大的，我們是自由的，我們是優秀的。我們是叢林裡最優秀的族群！我們都這麼說，

所以絕對是真的。既然現在你聽到了，你可以幫我們傳話給叢林裡的動物，這樣他們以後就會注意到我們，所以我們要把我們最優秀的本質讓你知道。」莫格利沒有異議，於是數以百計的猴子聚集到露台上，聽他們的演說者們讚揚班達洛格。每當一個演說者停下來喘口氣，他們就會齊聲大喊：「這是真的，我們都這麼說。」莫格利點點頭，眨著眼，他們問他問題時，他就回答「對」，他已經被這些喧鬧聲吵得頭暈了。「這些傢伙一定全都被胡狼塔巴庫伊咬過，」他自言自語，「現在全都瘋了。這一定是迪瓦尼，是瘋病。他們從來不睡覺嗎？現在有一片雲快要遮住月亮了，但願那片雲夠大，這樣我就可以趁著黑暗逃跑。但是我好累。」

在城牆下方毀壞的壕溝裡，他的兩個好朋友貝格西拉和卡亞也望著同一片雲，他們知道成群的猴子有多麼危險，因此不想冒任何危險。猴子只有在一百對一的情況下才會打鬥，但是叢林裡幾乎沒有動物願意接受這種不平等的條件。

「我到西面那堵牆去，」卡亞低聲說，「然後沿著對我有利的斜坡迅速滑下去。他們不會蜂擁到我背上的，不過──」

「我知道，」貝格西拉說，「如果巴盧在這裡就好了，不過我們還是得盡力而為。等那片雲遮住月亮，我就到露台上。他們正在那裡開會，在商討那男孩的問題。」

「捕獵順利。」卡亞神情嚴肅地說完，就朝西牆滑去了。

那裡碰巧是毀壞程度最輕的地方，大蟒蛇耽擱了一會兒才找到爬上石牆的路。烏雲遮住了月亮，正當莫格利心想不知接下來會發生什麼事，就聽到露台上響起貝格西拉輕輕的腳步聲。猴子們正圍著莫格利而坐，有五、六十圈，黑豹幾乎沒有發出任何聲響就衝上了斜坡，在猴群中左右開攻——他知道去咬他們只會浪費時間。猴子們發出了一陣驚恐、憤怒的嚎叫聲。然後當貝格西拉被腳下亂滾亂踢的猴子絆倒時，一隻猴子大喊：「只來了一隻！殺了他！殺了他！」扭打成一團的猴子對貝格西拉又咬又抓、又扯又拉，另外有五、六隻猴子抓住莫格利，把他拖到夏宮的牆上，然後從坍塌的圓屋頂破洞把他推下去。如果是一個由人類所養的男孩可能會摔得渾身是傷，因為高度足足有十五呎，但是莫格利卻按照巴盧教他的方法落下，雙腳著地。

「待在那裡，」猴子們大喊，「等我們殺了你的朋友，再來跟你玩——如果那些毒蛇讓你活命的話。」

「你和我，我們血脈相連。」莫格利立刻用蛇的密語說。他可以聽到四周的垃圾堆裡發出沙沙、嘶嘶的聲音，於是他又說了一次密語，以確保安全。

「既然這樣！把頭都放下吧！」五、六個低沉的聲音說（印度的每個廢墟遲早都會淪為蛇的居所，這座古老的夏宮就住滿了眼鏡蛇），「站著別動，小兄弟，否則你的腳就會傷害

我們。」

　　莫格利盡量站著不動，他透過鏤空的窗格子往外看，聽著外面黑豹周圍激烈的打鬥聲——有猴子的吼叫聲、吱吱聲、扭打聲，還有貝格西拉深沉、粗啞的咳聲。他正從一堆敵人的擠壓下往後退，彎背躍起，然後一個扭身猛然往前衝。這是他有生以來第一次為了生存而戰。

　　「巴盧一定在附近，貝格西拉不會單獨前來的。」莫格利心想。然後他大聲喊道：「貝格西拉，到水池去。滾到水池邊。滾過去，然後跳下去！到水裡去！」

　　貝格西拉聽見了，那喊叫聲不但告訴他莫格利安然無恙，同時也給了他勇氣。他靜靜地奮戰，一吋一吋筆直地朝水池逼近。接著，最靠近叢林的廢棄城牆那邊突然傳來巴盧隆隆的戰鬥吼聲。那頭老熊已經盡了全力，實在沒辦法更快了。「貝格西拉，」他喊道，「我來了。我爬上來了！我快速趕來了！啊嗚！石頭在我的腳下滾動啊！等著我吧，惡名昭彰的班達洛格！」他氣喘吁吁地爬上露台，不料立刻淹沒在波濤般的猴群中，於是他乾脆一屁股坐下來，伸出前爪一把抱滿猴子，然後開始「啪—啪—啪」規律地打起來，就像槳輪轉動打水一樣。莫格利聽到「撲通」一聲，這就告訴他貝格西拉已經衝到水池裡了，猴子們是不可能下水的。黑豹把頭露出水面，大口喘氣，猴子們則在紅色的台階上站成三排，氣得跳上跳下，一旦

他離開水池去幫助巴盧，他們就從四面八方撲到他身上。貝格西拉抬起濕淋淋的下巴，絕望地發出蛇類的密語尋求保護——「你和我，我們血脈相連」——因為他以為卡亞在緊要關頭逃跑了。儘管巴盧在露台邊緣被猴子壓得快要窒息了，他聽到黑豹的呼救時還是忍不住笑了出來。

　　卡亞才剛剛越過西牆，著地時猛地一扭，把一塊頂蓋石掃進了壕溝裡。他不想失去在地面上的任何優勢，於是數次蜷起身子又鬆開，以確定長長的身軀的每個部位都能正常運作。此時，巴盧的戰鬥還在繼續，猴子們則在水池邊圍著貝格西拉叫喊，蝙蝠曼恩來來回回地飛著，把這場大戰的消息傳遍整個叢林，最後連野象海瑟都吼叫起來。遠處散居的猴子也被吵醒，沿著樹道蹦蹦跳跳前來寒穴協助他們的同伴，嘈雜的打鬥聲把方圓數哩內白天活動的鳥兒全都驚醒了。然後，卡亞筆直快速地滑過來，殺氣騰騰的樣子。蟒蛇的戰鬥力在於他以全身的力量和體重為後盾，使頭部發出猛擊。如果你可以想像一個冷靜沉著的人手裡拿著一根長矛、一根破城槌，或是一根近半噸重的榔頭，大概就可以知道卡亞戰鬥時是什麼樣子。一條四、五呎長的蟒蛇如果擊中人的胸部，就足以把他撞倒，而你是知道的，卡亞有三十呎長呢。他第一擊是攻向巴盧周圍的猴群中心——悄悄地就擊中了要害，不需再次出手。猴子們四處逃竄，大喊著：「卡亞！是卡亞！逃啊！快逃啊！」

　　猴子們世世代代從長輩口中聽到關於卡亞的故事，已經怕到學乖了。他們聽說卡亞是個夜賊，會像苔蘚生長那樣悄然無聲息地滑過樹枝，偷走最強壯的猴子。他們還聽說老卡亞會使自己看起來像枯樹枝或爛樹幹，即使最聰明的猴子也會上當，最後被那樹枝給抓住。猴子們在叢林裡最怕的就是卡亞，因為誰都不知道他的力量有多大，誰也不敢看他的臉，而且一旦被他纏抱住，誰都無法生還。所以他們趕緊跑到圍牆和屋頂上，嚇得結結巴巴說不出話，而巴盧這才大大鬆了一口氣。他的毛皮雖然比貝格西拉厚，但也打鬥得渾身疼痛。此時，卡亞第一次張大嘴巴，發出一陣長長的嘶嘶聲，那些已經逃得遠遠的、打算進入寒穴躲避的猴子，嚇得停在原地不敢動，縮成一團，最後腳下的樹枝因不堪負重而彎曲、斷裂。牆上和空屋裡的猴子不再叫喊，頓時全城一片寂靜，莫格利聽到了貝格西拉從水池裡出來，正在甩動濕漉漉的身體。突然，猴子又開始躁動起來，有的跳到更高的牆上，有的攀住大石雕像的脖子，有的沿著城垛一邊蹦跳一邊尖叫。莫格利則在夏宮裡手足舞蹈，把眼睛湊到窗花格邊往外看，並且發出貓頭鷹的叫聲，表達他的嘲笑與輕蔑。

　　「把人崽從陷阱裡救出來吧，我沒有力氣了。」貝格西拉喘著氣說，「帶著人崽趕緊走吧，他們可能會再次進攻。」

　　「沒有我的命令，他們不敢亂動。你們待在原地！」卡亞

嘶嘶地喊道，整個城市再度安靜下來。
「我已經盡快趕來了，兄弟，不過我想
我聽到你的呼叫聲了。」——這句話是
對貝格西拉說的。

　　「我——我可能是在戰鬥中喊出來
的。」貝格西拉回答。「巴盧，你有沒
有受傷？」

　　「我恐怕已經被撕裂成一百隻小
熊了。」巴盧嚴肅地說，兩條腿交替地
抖動著。「哎呀，好痛！卡亞，我想
我們——貝格西拉和我——都欠你一條
命。」

　　「不用客氣。人崽在哪裡？」

　　「這裡，在陷阱裡。我爬不出
去。」莫格利大叫。他的頭上方是圓屋
頂坍塌後拱起的部分。

　　「把他帶走吧。他像孔雀瑪奧一樣
跳著舞，他會把我們的小蛇壓死的。」
裡面的眼鏡蛇說。

　　「哈！」卡亞笑著說，「這個人崽
到處都有朋友。往後退，人崽。還有毒

．雙方戰況激烈，但猴群看來小命不保。

蛇們，躲起來。我要把牆擊倒。」

卡亞仔細觀察了一下，發現大理石窗花格上有一道裂痕，表示那裡比較脆弱。他用頭輕輕敲了兩、三下以測量距離，然後身體往上舉起六呎高，鼻子向前，使盡全力衝撞了六、七次。窗花格破裂，在一陣塵煙中成了廢物。莫格利從破洞跳了出來，撲到巴盧和貝格西拉中間——兩隻手臂各摟著一個粗脖子。

「你有沒有受傷？」巴盧輕輕地摟著他說。

「我又痛又餓，但是一點傷也沒有。不過，喔，我的兄弟，他們對你們下手太重了！你們都流血了。」

「他們也一樣。」貝格西拉舔舔嘴唇，望著露台上和水池周圍的猴子屍體。

「這沒什麼，沒什麼，只要你安全就好。喔，你是最令我驕傲的小青蛙！」巴盧啜泣著說。

「這問題我們稍後再來評斷。」貝格西拉冷冷地說，那種語氣莫格利一點都不喜歡，「這是卡亞，這場戰鬥多虧了他，是他救了你的命。依照我們的規矩，莫格利，你要好好謝謝卡亞。」

莫格利轉過身，看見大蟒蛇的腦袋在離自己頭頂一呎的上方擺動著。

「這就是人崽啊。」卡亞說，「他的皮膚很柔軟，他跟班

達洛格還真有點像。當心點，小傢伙，在我剛好換上新衣的黃昏，可別把你錯當成猴子了。」

「你和我，我們血脈相連。」莫格利回答，「今晚你救了我。卡亞，以後只要你餓了，我捕獲的獵物就是你的獵物。」

「謝謝你，小兄弟。」卡亞說，但是他的目光閃爍，「這麼勇敢的獵者會捕殺些什麼呢？你下次出去捕獵時，我可要跟去瞧一瞧。」

「我什麼也殺不了——我太小了——不過我會把山羊趕到對你有利的地方。你肚子餓的時候來找我，看看我說的是不是實話。我確實有些本事（他伸出雙手），如果哪天你落入陷阱，我也許就可以把今天在這裡欠你的、欠貝格西拉的、欠巴盧的都還清。祝你們捕獵順利，我的老師們。」

「說得好。」巴盧吼著說，因為莫格利將他的謝意表達得很好。蟒蛇把頭輕輕地靠在莫格利的肩膀上一會兒。「一顆勇敢的心和一張謙恭的嘴巴。」他說，「這兩樣東西可以讓你在叢林裡來去自如，小傢伙。不過，現在和你的朋友趕快離開這裡。回去睡個覺，因為月亮要下山了，而且接下來的情景不是你應該看到的。」

月亮漸漸從山後落下，一排排顫抖的猴子在城牆和城垛上擠在一起，看起來好像參差不齊、搖搖晃晃的穗子。巴盧走到下面的水池喝水，貝格西拉開始梳理自己的皮毛，卡亞則滑到

露台的中央，嘴巴「啪地」一聲闔起來，這個舉動吸引了所有猴子的目光。

「月亮落下山了，」卡亞說，「還看得見嗎？」

牆上傳來一陣嗚咽聲，彷彿風吹過樹梢的聲音：「我們看得見，卡亞。」

「很好。那麼現在開始跳舞——獵手卡亞之舞。坐在那裡別動，看著。」

他轉了兩三個大圈，左右搖晃著腦袋。然後他開始用身體畫圈圈和八字形，以及柔軟的三角形，接著又變成四邊形、五邊形，最後不急不徐地一圈圈盤繞起來，口中低沉、嗡嗡哼唱的歌也始終未停。天色越來越暗，到後來那些緩慢拖動、變換的圓圈看不見了，但是仍然可以聽見蛇皮沙沙作響的聲音。

巴盧和貝格西拉像石頭一樣動也不動地站著，喉嚨裡發出低吼聲，脖子上的毛都豎了起來，莫格利則在一旁看著，感到不可思議。

「班達洛格，」卡亞終於說話，「沒有我的命令，你們的手和腳能移動嗎？說！」

「沒有你的命令，我們的手和腳都不能移動，卡亞。」

「很好！你們都向我靠近一步。」

一排排的猴子無助地往前動了一下，而巴盧和貝格西拉也笨拙地跟著他們跨了一步。

「再靠近一點！」卡亞嘶嘶地說，於是他們又顫抖地往前移了一點。

莫格利把手放在巴盧和貝格西拉身上，叫他們離開，這兩頭猛獸卻嚇了一跳，好像從夢中驚醒一樣。

「把你的手放在我的肩膀上，」貝格西拉輕聲說，「把手放著，否則我一定會往回走——一定會回到卡亞那裡。」

「老卡亞只不過是在塵土裡畫圈圈，」莫格利說，「我們走吧。」於是他們三個從牆上的一道缺口悄悄溜進叢林去了。

「呼嗚！」巴盧再度回到寧靜的樹林下的時候說，「我再也不和卡亞聯手了。」說完，他全身抖動了一下。

「他比我們懂得多，」貝格西拉顫抖著說，「如果我再多待一會兒，一定會走到他的喉嚨裡去。」

「月亮再度升起之前，會有許多猴子走上那條路的。」巴盧說，「他的捕獵會很順利——以他自己的方式。」

「但是這一切有什麼意義？」莫格利說，他對蟒蛇鎮懾獵物的本領完全不了解，「我只看到一條大蛇愚蠢地一直繞著圈圈，直到天黑。而且他的鼻子都破了。呵呵！」

「莫格利，」貝格西拉生氣地說，「他的鼻子破了是因為你，就像我的耳朵、身體、爪子還有巴盧的脖子、肩膀，都是因為你才被咬的。巴盧和我許多天都不能快樂地捕獵了。」

「沒關係，」巴盧說，「人崽又回到我們身邊了。」

「話雖如此，他卻浪費了我們許多原本可以用來好好捕獵的時間，還害我們傷痕累累、掉了許多毛髮——我背上的毛都被拔掉了一大半——還有，名譽嚴重受損。你別忘了，莫格利，我黑豹會向卡亞尋求保護是被迫的，而巴盧和我也受到飢餓之舞迷惑，有如愚蠢的小鳥一般。這一切，人崽，都是因為你和班達洛格鬼混所引起的。」

「沒錯，確實如此。」莫格利難過地說，「我是個可惡的人崽，我的肚子也被我害慘了。」

「哼！叢林法則是怎麼規定的，巴盧？」

巴盧不想再增添莫格利的困擾，但是他不能竄改法則，所以咕噥地說：「懲罰絕不會因為懊悔而延緩。但是你別忘了，貝格西拉，他還很小。」

「我會記得。但是他闖了禍，現在必須挨打。莫格利，你有什麼話要說嗎？」

「沒有，我做錯事了。巴盧和你都受傷了。我挨打是應該的。」

貝格西拉愛惜地打了他六、七下，在豹子的眼中，這幾下輕得連睡夢中的小豹子都打不醒，可是對一個七歲的男孩而言，這可是一頓誰都不想挨的痛打。懲罰結束之後，莫格利打了一個噴嚏，不發一語地站起身來。

「好了，」貝格西拉說，「跳到我的背上，小兄弟，我們

回家了。」

　　叢林法則的一項優點，就是懲罰解決所有怨怒，從此絕口不提。

　　莫格利把頭貼在貝格西拉的背上，然後沉沉地睡去，當回到狼穴被放到地上的時候，他也沒有醒來。

．貝格西拉說：「莫格利，我們回家了。」

班達洛格進行曲

我們有如揮動的花彩，
在前往猜疑的月亮途中！
你不羨慕我們這群昂首闊步的隊伍嗎？
你不希望自己多幾隻手嗎？
要是你的尾巴形狀像邱比特的彎弓——
你會不喜歡嗎？
你現在很生氣，但是——沒有關係，
兄弟啊，你的尾巴依舊懸吊在身後！

我們在岔枝上排排坐，
思索著美好的事物：
我們夢想著打算要去做的事，
幾分鐘之後，一切都會完成——
有些高尚、偉大又美好的事情，
只要我們有心就可完成。
我們已經忘了，但是——沒關係，
兄弟啊，你的尾巴依舊懸吊在身後！

我們聽過所有語言，

不論是出自蝙蝠、野獸或是鳥類——
不論他們有獸皮、鰭、鱗片或羽毛——
全都吱吱喳喳一道說出！
好極了！太棒了！再來一次！
現在我們像人類一樣說話了！
就假裝我們是……算了，
兄弟，你的尾巴依舊懸吊在身後！
這就是我們猴族的作風。

加入我們在松林間急速跳躍的行列，
攀上高高的樹枝，那裡有野葡萄輕輕搖晃著。
就憑我們睡醒時所在的垃圾堆和我們發出的高貴噪音，
真的，真的，我們就要做一些偉大的事情了。

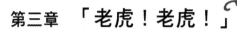

第三章 「老虎！老虎！」

勇敢的獵手，捕獵順利嗎？

「兄弟，守候的時刻漫長又寒冷。」

你要捕殺的獵物情況如何？

「兄弟，他仍在叢林裡吃草。」

你引以為傲的力量哪裡去了？

「兄弟，它已從我的側腹消失。」

你急匆匆地要到哪兒去？

「兄弟，我要回到我的巢穴去——
死在那裡。」

第三章
「老虎！老虎！」

　　現在我們得回到第一個故事。莫格利在會議岩上和狼群搏鬥之後，他就離開了狼穴，下山來到村民的耕地。但是他沒有在這裡停留，因為這裡離叢林太近了，而且他知道自己在會議上豎立了不少惡敵。於是他匆匆趕路，邁著穩健的步伐，沿著順山谷而下的崎嶇道路走了大約二十哩，最後來到一個陌生的地方。山谷豁然開朗，眼前出現一大片平原，上面佈滿了岩石，一道道的溝壑把平原切割成一塊塊的。平原盡頭的一邊有個小村莊，另一邊是連綿茂密的叢林，最後與一塊牧草地相連。叢林和牧草地的分界非常明顯，像是用鋤頭割開的一樣。平原上到處有耕牛和水牛在吃草，放牛的小男孩們看到莫格利時，一個個大叫著逃跑，而那些經常徘徊在印度村莊周圍的黃毛野狗也狂吠起來。莫格利繼續往前走，因為他餓了，當他走到村莊入口時，看見傍晚都會用來擋住大門的大荊棘叢已經挪到一旁。

　　「哼！原來人類也怕這裡的叢林動物。」他說，因為他從前夜間出來尋找食物時，曾經不止一次碰到過這樣的障礙物。

・約有一百個人都盯著莫格利指指點點。

他在入口旁坐下，看見有個男人走出來時，他便站了起來，張開嘴巴朝裡頭指了指，表示他想吃東西。那男人先是盯著他看，然後沿著村裡唯一的一條道路往回跑，大聲喊著要找祭司。祭司長得高高胖胖的，穿著白色衣服，額頭上有個紅黃色的記號。祭司來到入口，他的身後至少跟著一百個人，他們都盯著莫格利大聲地指指點點。

「這些人類真沒禮貌。」莫格利自言自語地說，「只有灰猿才會像他們這樣。」於是他把長髮往後撥，皺起眉頭看著成堆的人群。

「這有什麼好怕的？」祭司說，「看看他手臂和腿上的齒痕，都是被狼咬的。他只不過是叢林裡跑出來的狼孩罷了。」

當然，一起玩耍的時候，小狼常常會無意中咬得太用力，所以他的手臂和腿上到處都是蒼白的疤痕。但是他根本不把這稱做咬傷，因為他知道什麼才是真正的咬。

「哎呀！哎呀！」兩三個婦女同聲說，「被狼咬成那樣，可憐的孩子！他是個漂亮的男孩，他的眼睛像紅紅的火焰。我發誓，梅蘇亞，他跟妳那個被老虎叼走的兒子真有點像。」

「我看看，」一個手腕和腳踝都戴著沉重銅環的婦人說道，她一隻手遮在眉邊仔細看著莫格利，「確實有點像。他瘦了一點，不過他的相貌和我兒子一模一樣。」

祭司是個聰明人，他知道梅蘇亞是當地最有錢的人的妻

子，於是他抬頭朝天空望了片刻，然後嚴肅地說：「叢林從妳這裡奪走的，已經還給妳了。把男孩帶回家吧，我的姐妹，同時別忘了對能看透人類命運的祭司表達敬意。」

「以贖回我的那頭公牛發誓，」莫格利自言自語地說，「他們這樣你一言我一語的，真像又一個被狼群接納的審查儀式啊！好吧，如果我是人，我就必須像個人。」

婦人招手要莫格利跟她回家，人群也就跟著散了。婦人的屋子裡有一張刷了紅漆的床架，一個陶土製的大穀箱，上面有一些古怪的浮雕，還有六個銅鍋，小壁龕裡有一尊印度神像，牆上還掛著一面真正的鏡子，就像農村市集上賣的那種。

他給了莫格利許多牛奶和一些麵包，然後一隻手放在他的頭上，凝視著他的眼睛；因為她認為也許他真的是她的兒子，當初被老虎叼進叢林裡，現在回來了。於是她喊著：「納索，喔，納索！」看來莫格利並不認得這個名字。「你還記得我為你穿上新鞋的那天嗎？」她摸摸他的腳，那腳硬得像牛角。「不，」她難過地說，「這雙腳從來沒穿過鞋子，但你真的很像我的納索，你現在是我的兒子了。」

莫格利很不自在，因為他從來沒在屋子裡待過。但是當他看到茅草屋頂，他知道如果他想逃走，隨時都可以把屋頂給拆了，而且窗戶也沒有上鎖。「如果聽不懂人說的話，那當人又有什麼用？」最後他對自己說，「現在我像個傻瓜和啞巴，

就跟人到叢林裡和我們一起生活一樣。我必須學會他們說的語言。」

在狼群裡的時候，他也模仿過叢林裡公鹿和小野豬的叫聲，那可不是學著玩的。因此，梅蘇亞每說出一個字，莫格利幾乎可以完全正確地跟著說，天黑之前，他已經學會了屋子裡許多東西的名稱。

到了睡覺的時候，麻煩又來了，因為莫格利不肯睡在那個活像捕豹陷阱的屋子裡，於是當他們關上大門之後，他就從窗戶跳了出去。「隨他去吧，」梅蘇亞的丈夫說，「別忘了，他到現在都還沒在床上睡覺過。如果他真的是被派來當我們的兒子的，他就不會逃走。」

於是莫格利在農地邊緣一塊長得高高的、乾淨的草地上躺直了身子，但是眼睛還沒閉上，就感覺到一只軟軟的灰鼻子在戳他的下巴。

「唷！」灰兄弟（他是狼媽媽的孩子中最長的）說，「跟了你二十哩路，就得到這樣的回報啊。你身上都是木柴煙和牛群的味道——已經完全像個人了。醒醒，小兄弟，我為你帶來了消息。」

「叢林裡大家都好嗎？」莫格利擁抱著他說。

「都好，除了被紅花燒傷的那些狼。現在，聽我說。希克翰被燒得很嚴重，他跑到很遠的地方去捕獵了，要等到他的毛

皮再長出來才會回來。他發誓說，他回來之後一定要讓你葬身在維崗加河。」

「那可不一定，我也立下了一個小誓言。不過，有消息總是好的。今晚我累了──學習新事物太累了，灰兄弟，但是一定要時常帶消息來給我。」

「你不會忘了你是一頭狼吧？人類會不會讓你忘記這一點？」灰兄弟焦急地問。

「絕對不會。我會永遠記得我愛你和洞穴裡的所有家人；但是我也會永遠記得我被逐出了狼群。」

「你也可能被逐出另一個族群。人就是人，小兄弟，他們說起話就像池塘裡的青蛙那樣。下次下山的時候，我會在牧場邊緣的竹林裡等你。」

那天晚上之後，莫格利有三個月幾乎沒有走出村莊大門，他忙著學習人類的生活方式和習慣。首先，他得在身上披一塊布，這使他非常不高興；其次，他得學會使用金錢，可是他完全沒概念，他還得學耕種，但是他不明白耕種有什麼用處。村子裡的小孩也經常惹得他火冒三丈，幸好叢林法則教會了他控制自己的脾氣，因為在叢林裡求生和覓食全憑著保持冷靜；但是當他們取笑他不會玩遊戲或放風箏，或是發音不正確時，要不是他知道殺死光著身子的小孩不道德，早就把他們都抓起來撕成兩半了。

他根本不知道自己的力氣有多大。在叢林裡，他知道自己比野獸脆弱，但是在村子裡，大家都說他力氣大得像頭公牛。

莫格利當然不懂什麼是害怕，因為當村子裡的祭司告訴他，如果他偷吃了祭司的芒果，廟裡的神會非常生氣，結果他竟然將廟裡的神像拿到祭司家裡，要求祭司讓神像發怒，而且他很樂意跟祭司進行搏鬥。這是件可恥的事，但是祭司沒有向外張揚，梅蘇亞的丈夫則付出大量的銀兩以平息神的怒氣。

莫格利也完全不了解人與人之間的階級差別。有一次，製陶工人的驢子跌落土坑裡，莫格利抓住驢子的尾巴把他拖出來，還幫忙把陶罐重新堆好，好讓他們前往坎西瓦拉的市場。這件事也讓村民大為震驚，因為製陶工人是低下階層的人，他的驢子就更低賤了。祭司責備莫格利的時候，莫格利竟然威脅說要把他也放到驢背上去。於是祭司告訴梅蘇亞的丈夫，最好盡快讓莫格利去工作；村長告訴莫格利，第二天他就得趕著水牛到村外去放牧；沒有人比莫格利更高興了。因為莫格利被指派做村裡的雇工，當天晚上他便前往村民聚會的地點。每天晚上，村民都會聚集在一棵大無花果樹下的一塊石臺上，這裡是村民的俱樂部。村長、巡夜員、知道村裡所有流言蜚語的剃頭師傅，以及擁有一支毛瑟槍的老獵人布爾迪歐，都會在這裡聚會、抽菸。一群猴子坐在較高的樹枝上吱吱喳喳地說個不停，石臺下面的洞裡住著一條眼鏡蛇，人們每天晚上都會為他送上

一小碟牛奶，因為他是聖蛇。老人們圍坐在樹下一邊聊天，一邊抽著大水煙袋，直到深夜。他們老是講一些關於神、人和鬼的精采故事，而布爾迪歐講的叢林野獸的故事更是精采，那些坐在外圈的小孩聽得眼球都快凸出來了。大部分故事都與動物有關，因為他們總是與叢林比鄰而居。鹿和野豬經常翻掘他們的農作物，黃昏的時候，老虎偶爾會在離村子入口不遠的地方把人叼走。

莫格利當然知道一些他們談的東西，所以他必須把臉掩起來，不讓他們看見他在笑。當布爾迪歐把毛瑟槍橫擺在膝蓋上，述說著一個又一個精采的故事時，莫格利的肩膀也抖動個不停。

布爾迪歐說，那隻叼走梅蘇亞兒子的老虎是隻鬼老虎。有個狠毒的放債老頭幾年前去世了，他的鬼魂就是附在這隻老虎身上。「這是真的，」他說，「因為在一次暴動中，普倫達斯為了搶救被燒的帳本而受傷，從此走起路來就一瘸一拐的。我說的那隻老虎也是個瘸子，因為他留下的腳印總是一深一淺的。」

「對，對，這一定是真的。」幾個白鬍子的老人也點著頭說。

「那些故事都是瞎編出來的吧？」莫格利說，「那隻老虎一生下來就是跛腳，這是大家都知道的。說什麼放債老頭的鬼

魂附在那隻比胡狼還膽小的野獸身上，眞是幼稚。」

布爾迪歐吃了一驚，一時說不出話來，村長則瞪大了雙眼看著莫格利。

「哈！那不是叢林裡冒出來的小傢伙嗎？」布爾迪歐說，「如果你那麼聰明，爲什麼不把他的毛皮送到坎西瓦拉，政府正在懸賞一百盧比要他的命。不然就別出聲，長輩說話別亂插嘴。」

莫格利起身準備離開。「我躺在這裡聽了一整晚，」他回頭喊道，「布爾迪歐所說的叢林就在他家門外，但是除了一兩句之外，其他沒有一個字是眞的。那麼，我又怎麼能相信他說的那些所謂親眼見到的鬼神和妖精的故事呢？」

「眞的該讓那孩子去放牧了。」村長說。布爾迪歐則被莫格利無禮的舉動氣得噗噗地噴著煙。

大部分的印度村落習慣在清晨讓一些男孩趕著牛群到村外放牧，晚上再把他們趕回來。那些牛群可以把一個白人活活踩死，卻任由幾個身高幾乎還不到他們鼻子的孩子打罵欺負。這些孩子只要跟牛群在一起就會很安全，因爲連老虎都不敢襲擊一大群牛。但是如果孩子們脫隊去探花或抓蜥蜴，有時候就會被叼走。拂曉時分，莫格利騎在領隊大公牛拉瑪的背上走過村莊的街道。那些長著長長向後彎曲的牛角、眼神兇猛的灰藍色水牛，一隻隻走出牛棚跟在他後面。莫格利向一同放牧的孩子

清楚地表示他就是頭領。他用一根光滑的長竹條鞭打水牛，然後告訴一個叫卡米亞的男孩，要他們自己去放牛吃草，並且叮囑他們要小心點，不要離開牛群，他則繼續趕著水牛往前走。

　　印度的牧草地到處都是岩石、灌木、草叢和和小溝壑，牛群在這裡很容易分散走失。水牛通常喜歡待在水池和沼澤地，躺在溫暖的爛泥裡打滾、曬太陽，一待就是幾個小時。莫格利把水牛趕到平原的邊緣，維崗加河流出叢林的地方；然後他從拉瑪的脖子上跳下來，快步跑進竹林裡，並且找到灰兄弟。

　　「啊！」灰兄弟說，「我在這裡等你好多天了。怎麼幹起了放牛的工作啊？」

　　「這是命令，」莫格利說，「我這陣子是村裡的牧童。有希克翰的消息嗎？」

　　「他曾經回到這個地方，而且等了你很久。但是現在他又離開了，因為這裡幾乎沒有什麼獵物。不過他打算要殺你。」

　　「很好！」莫格利說，「只要他沒回來，你或四兄弟其中一個就坐到那塊岩石上，這樣我一出村子就可以看到你們。若是他回來了，你就到平原中央那棵達克樹旁的小溪谷等我。我們不用把自己送進希克翰的嘴巴裡。」

　　然後，莫格利挑了一處陰涼的地方躺下來睡覺，讓水牛自由地在他四周吃草。在印度放牧是全世界最輕鬆的事情。牛群走動、嘎吱嘎吱地吃著草，然後躺下，然後又站起來走動，

他們甚至也不哼哼叫。他們只會哼哼氣，至於水牛就更少出聲了，只是一頭接一頭地走進泥濘的水池裡，讓身子沉下去，直到只有鼻子和圓瞪的雙眼露出水面，然後就一動也不動地躺在那裡。岩石被酷熱的太陽曬得彷彿在跳舞，牧童們聽見一隻鳶鷹（永遠只有一隻）在頭頂上幾乎看不見的地方嘯叫，他們知道，如果他們自己或某頭牛死了，那隻鳶鷹會立刻俯衝而下，而數哩外的另一隻鳶鷹看見同伴往下衝，也會緊隨在後，然後一隻接著一隻，恐怕在他們斷氣以前，會有二十多隻飢餓的鳶鷹冒出來。牧童們總是睡了又醒，醒了又睡，他們用乾草編織成小籃子，把蚱蜢放進去；或是捕捉兩隻螳螂，讓他們互鬥；或是用叢林裡的紅色和黑色堅果串成項鍊；或是觀看蜥蜴在岩石上曬太陽，或者蛇在泥沼旁捕捉青蛙。他們也會唱一些很長很長的歌，結尾的地方還帶著當地奇怪的顫抖音。他們的一天彷彿比大多數人的一生還要漫長。傍晚來臨時，孩子們大聲叫喊，水牛便從泥沼裡出來，鼻子發出一聲又一聲像是槍砲射出的聲響，然後排成一行，穿越過灰暗的平原，回到燈火閃爍的村莊。

莫格利每天都趕著水牛到泥沼去，他每天都能看到平原外一哩半的地方灰兄弟的背脊（因此他知道希克翰還沒回來），他也每天都躺在草地上傾聽四周的聲音，想著以前在叢林裡的日子。在那些漫長而寂靜的早晨，如果希克翰在維崗加河畔的

叢林裡伸出瘸腿邁出錯誤的一步，莫格利也會聽得見。

這一天終於來了，在他們事先約定好的地點，莫格利沒有看到灰兄弟的身影，於是他大笑，趕著牛群前往達克樹旁的河谷，灰兄弟就坐在開滿金紅色花朵的樹下，背上的毛全都豎了起來。

「他躲了一個月是為了使你的戒心鬆懈。昨天夜裡，他和塔巴庫伊越過山頭，急忙地在找尋你的蹤跡。」灰兄弟氣沖沖地說。

莫格利皺起眉頭。「我不怕希克翰，倒是塔巴庫伊狡猾的很。」

「不用怕，」灰兄弟舔舔嘴巴說，「黎明時我遇見了塔巴庫伊，此時他正在跟鳶鷹展現他的聰明才智呢。不過在我打斷他的背脊骨之前，他把一切都告訴我了。希克翰計畫今天晚上在村子入口處等你——只等你一個。他現在正躺在維崗加那條乾涸的大河谷裡。」

「他今天吃過東西了嗎？或是空著肚子出來捕獵？」莫格利問，因為這個問題的答案對他來說生死攸關。

「他在黎明時殺了一頭豬，也喝過水了。別忘了，希克翰是不會禁食的，即使要報仇也一樣。」

「喔！笨蛋，大笨蛋！沒大腦的傢伙！他又吃又喝，難道他以為我會等他睡醒！現在他在哪裡？我們只要有十個，就

可以趁他睡著的時候制服他。不過,除非這些水牛嗅到他的氣味,否則是不會向他衝過去的,而我又不會說他們的語言。我們能不能繞到他的路徑後方,好讓水牛嗅到他的氣味?」

「他在維崗加河游了好長一段路,不讓自己留下蹤跡。」灰兄弟說。

「我知道,一定是塔巴庫伊教他的。他自己絕不可能想到這個方法。」莫格利站著,手指放在嘴裡,一邊思索著,「維崗加大河谷。它在離這裡不到半哩遠的地方展開流進平原,我可以帶著牛群繞過叢林到河谷上方,然後往下衝——不過他可能會從河谷底部溜走。我們必須堵住那一頭。灰兄弟,你能幫我把牛群分成兩隊嗎?」

「我恐怕不行,不過我帶來了一個聰明的幫手。」灰兄弟快步走開,跳進一個洞裡。隨後洞裡冒出一個莫格利十分熟悉的灰色大腦袋,炎熱的空氣裡響起了叢林裡最淒涼的叫聲——狼在正午捕獵的嗥叫聲。

「阿克拉!阿克拉!」莫格利拍手叫道,「我就知道你不會忘記我。我們現在要進行一項重大的任務。阿克拉,請你把牛群分成兩隊。母牛和小牛一隊,公牛和犁田的水牛一隊。」

於是兩隻狼在牛群裡穿梭,牛群噴著鼻息,抬起頭,終於分成了兩隊。其中一隊,母牛將小牛圍在中間,她們瞪大眼睛,腳蹄踢著地面,只要有哪隻狼停下來,她肯定會衝上前去

把他踩死。另一隊是成年公牛和年輕公牛，他們也噴著鼻息、跺著腳蹄，雖然氣勢更加宏偉，卻比較不具攻擊性，因為他們身邊沒有小牛需要保護。即使六個男人合力，也不能把牛群分得這麼整齊。

「接下來呢？」阿克拉喘著氣說。

莫格利爬到拉瑪的背上。「阿克拉，把公牛趕到左邊去。灰兄弟，等我們走了，把母牛集合起來，把她們趕到河谷裡面去。」

「趕到多遠？」灰兄弟喘著氣急促地問。

「直到河岸高得希克翰跳不上去的地方。」莫格利喊道，「讓她們留在那裡，直到我們下來。」阿克拉一聲叫喊，公牛飛奔而去，灰兄弟則站到母牛面前暫時攔住她們。母牛朝灰兄弟衝去，於是他在前頭，領著她們直奔河谷底，而此時阿克拉已經把公牛趕到左邊很遠的地方。

「做得好！再衝一次，他們就真的開始了。小心點——現在要小心點了，阿克拉。只要再吆喝一聲，公牛就會向你撲過去。呦呵！這比趕黑公鹿要刺激多了。你沒想到這些傢伙會跑得這麼快吧？」莫格利大喊。

「我以前也——也獵捕過牛隻。」阿克拉在飛揚的塵土中氣喘吁吁地說，「要讓他們轉向進入叢林嗎？」

「當然！快點讓他們轉向吧！拉瑪已經氣瘋了。喔，要是

能告訴他我今天需要他幫什麼忙，那該有多好。」

「這回公牛被趕向右邊，衝進了灌木叢。在半哩外放牧的其他牧童看見了，跑回村莊，哭喊著說水牛全都發瘋逃跑了。」

莫格利的計畫其實很簡單。他只是想往山上繞一大圈，繞到河谷出口的地方，然後帶著公牛往下衝，讓希克翰困在公牛和母牛中間，因爲他知道吃飽喝足的希克翰是無法搏鬥或爬上河谷兩岸的。此時莫格利說話安慰牛群，阿克拉則在牛群的最後面，只是偶爾哼一兩聲，催促落在後面的牛隻。那是一個很大很大的圓圈，因爲他們不想離河谷太近而讓希克翰有所警覺。最後，莫格利把被搞糊塗的牛群趕到河谷出口的一塊草地，順著草地陡坡而下就是河谷底。站在這個高坡上，你可以越過樹梢俯瞰下方的平原，但是莫格利留意的是河谷的兩岸。他看了之後非常滿意，因爲河谷兩岸非常陡峭，幾乎都是垂直的，雖然上面爬滿了藤蔓植物，但是一隻老虎要從這裡逃出去是不可能的。

「讓他們歇口氣吧，阿克拉。」他高舉一隻手說，「他們還沒嗅到他的氣味。讓他們歇口氣。我得通知希克翰誰來了。他已經落入我們的陷阱。」

他把雙手放在嘴邊，對著河谷下方大喊——就像往地道裡大喊一樣——回聲從一塊岩石彈到另一塊岩石。

　　過了很久，那隻吃飽喝足、酣睡初醒的老虎，才發出帶著睡意、拖長音調的吼聲。

　　「是誰在叫？」希克翰說，一隻色彩絢麗的孔雀發出驚叫，從河谷振翅飛出。

　　「是我，莫格利。偷牛賊，現在該到會議岩去了！下去，把他們趕下去，阿克拉！下去，拉瑪，快下去！」

　　牛群在陡坡邊緣停頓了一下，但是阿克拉放開喉嚨喊出狩獵的吼聲，牛群便一隻接一隻地往下飛奔，彷彿輪船衝破急流，沙子和石子在四周飛濺。一旦開始就不可能停下來，他們還沒完全進入谷底的河床，拉瑪就嗅到希克翰的氣味並且開始吼叫。

　　「哈哈！」騎在拉瑪背上的莫格利說，「現在你知道了吧！」於是烏黑的牛角、噴著白沫的鼻子、瞪大的眼睛衝下河谷，就像被洪流給沖下的巨礫一樣；瘦弱一點的水牛被擠到河谷兩岸，在藤蔓間還是繼續往前衝。他們知道眼前的任務是什麼——面對水牛群猛烈的進攻，任何老虎都無法抵抗。希克翰聽見他們雷鳴般的蹄聲，於是站起身，拖著笨重的步伐一邊往河谷下方走去，一邊左瞧右瞧地尋找逃生之路。但是河谷的山壁太筆直了，他只好繼續往前走，拖著吃飽喝足的沉重身體，這個時候只要不搏鬥，要他做什麼他都願意。牛群踩濺過他剛離開的水窪，他們不停地吼叫著，把狹窄的河谷震得回聲四

起。莫格利聽見河谷底傳來母牛的回應吼聲，就看見希克翰轉過身（老虎知道，逼不得已的時候，面對公牛群總比面對帶著小牛的母牛群要好），然後拉瑪被絆了一下，腳步踉蹌，踩著不知什麼軟綿綿的東西繼續前進，跟在後頭的公牛全速衝進另一群牛當中，比較瘦弱的水牛被這麼猛一撞，飛得四腳朝天。這次衝撞使得兩群牛都進入了平原，他們的牛角相抵，蹄子踩踏，噴著鼻息。莫格利看準時機，從拉瑪的脖子上滑下，拿著他的棍子左右揮舞。

「快點，阿克拉！把他們分開。讓他們分散，否則他們又要互相打起來。把他們趕開，阿克啦。嘿，拉瑪！嘿，嘿，嘿！孩子們。別激動，現在放輕鬆！一切都結束了。」

阿克拉和灰兄弟在牛群間穿梭，輕咬著他們的腳。牛群一度轉身再次朝河谷衝去，但是莫格利設法讓拉瑪掉過頭，其他牛隻也就跟著他進入了沼池。

．牛群一隻接一隻衝向希克翰。

牛群不需再踐踏希克翰了。他死了，鳶鷹們也已經朝著他飛下來。

　　「兄弟們，他像條狗一樣死了。」莫格利一邊說，一邊摸著刀鞘裡的刀，自從他和人類一起生活，這把刀就一直掛在他的脖子上。「他剛剛連抵抗都沒有。把他的毛皮鋪在會議岩上應該很好看。我們得趕快動手了。」

　　一個在人類教養下長大的男孩，作夢也不會想獨自剝下一頭有十呎身長的老虎皮，但是莫格利比誰都了解動物毛皮的特性，也很清楚如何將它剝下來。不過這不是件輕鬆的工作，莫格利又割又撕地，還發著牢騷，他已經忙了一個小時。兩隻狼則伸長舌頭待在一旁，只有莫格利下達指令，他們才會上前幫忙。這時候，莫格利感覺有一隻手搭在他的肩膀上，他抬頭一看，是帶著毛瑟槍的布爾迪歐。牧童們把水牛倉皇奔竄的事告訴村里人之後，布爾迪歐就氣沖沖地跑出村子，急著要教訓莫格利沒有把牛群照顧好。此時狼一看到有人來，立刻逃得不見蹤影。

　　「你在搞什麼鬼？」布爾迪歐生氣地說，「你真以為你能剝下一隻老虎的皮！他是在哪裡被水牛踩死的？而且還是那隻跛腳虎呢，他可值一百盧比啊。好吧，讓牛群逃走的事就不跟你計較了，等我把虎皮拿到坎西瓦拉，也許我會分給你一個盧比賞金。」他從圍腰布裡拿出打火用具，並且彎下身去燒希克

翰的鬍鬚。當地獵人大多會燒掉老虎的鬍鬚，以免老虎陰魂不散。

「哼！」莫格利幾乎是在對自己說，此時他正把一隻前爪的皮剝下，「你要把虎皮拿到坎西瓦拉去領賞金，也許還會分給我一個盧比？但是我打算把虎皮留下來自己用。喂，老頭子，把火拿開。」

「你這是跟村裡的頭號獵人說話該有的態度嗎？你能殺死這隻老虎，全憑你的好運和這群愚蠢的水牛。要不是這隻老虎剛好吃飽，他早就逃到二十哩外去了。你這個臭小子，你連怎麼正確地剝皮都不會，竟然敢阻止我布爾迪歐燒虎鬚。莫格利，這下我一個安那（貨幣單位）也不會給你了，我還要把你痛打一頓。離開老虎的屍體！」

「憑著贖回我的公牛發誓，」莫格利說，他正試著要剝下老虎肩膀的皮，「難道我必須整個中午和這隻老猿猴囉唆個沒完嗎？喂，阿克拉，這個人煩死我了。」

布爾迪歐原本還彎身對著希克翰的頭，忽然整個人伸開四肢躺在草地上，一頭灰狼踩在他身上。莫格利則若無其事地繼續剝著虎皮，彷彿全印度只有他一個人。

「好――呀，」莫格利咬著牙說，「布爾迪歐，你說得一點都沒錯。你確實一個安那也不會給我。我和這隻跛腳老虎很早之前就開戰了――很早之前――現在我贏了。」

說句公道話，如果布爾迪歐年輕十歲，他在叢林裡遇到阿克拉，一定會和他奮力一搏的。但是這頭狼聽從一個男孩的命令，而這個男孩和一隻吃人的老虎有過私人仇恨，那麼他肯定不是一頭普通的狼。布爾迪歐認為這其中一定有巫術，最厲害的魔法，他不知道掛在脖子上的護身符是否能保護他。他一動也不動地躺在那裡，隨時等著看莫格利也變成一隻老虎。

　　「大王！偉大的國王！」最後，他嘶啞低聲說。

　　「嗯。」莫格利回應，他沒有轉過頭，只是暗自竊笑。

　　「我是個老頭子。我以為你只是一個普通的牧童。我可不可以起身離開，或者你的僕人會把我撕成碎片？」

　　「走吧，祝你一路平安。但是，下次不要插手管我的獵物了。讓他走吧，阿克拉。」

　　布爾迪歐跛著腳拼命朝村子跑，不時還回過頭看看莫格利有沒有變成什麼可怕的怪物。他一回到村裡，就告訴村民有關魔法妖術的離奇故事，祭司聽了不禁臉色凝重。

　　莫格利繼續他的工作，當他和兩隻狼把華麗的虎皮整張剝下來的時候，已經接近黃昏時刻。

　　「現在我們必須把虎皮藏起來，把水牛趕回家！阿克拉，幫我把牛群趕到一塊兒。」

　　牛群在朦朧的暮色中聚集在一起，當他們接近村子時，莫格利看見燈火，並且聽見海螺的響聲和廟宇的鐘聲。似乎有

一半的村民都在村子入口等著他。「那是因為我殺死了希克翰。」他對自己說。但是石頭如雨般從他耳邊飛過，村民還對他大喊：「巫師！狼崽！叢林惡魔！滾開！立刻滾開，否則祭司會讓你變回一頭狼。開槍，布爾迪歐，開槍！」

那隻毛瑟槍砰地一聲響了，一頭小水牛痛苦地吼叫起來。

「他又施了妖術，」村民喊道，「他可以讓子彈轉向。布爾迪歐，那是你的水牛啊。」

「這是怎麼回事？」莫格利困惑地說，只見石頭越丟越多。

「你的那些兄弟，跟狼群沒什麼兩樣。」阿克拉鎮定地坐下說，「依我看，如果子彈有什麼意思，那就表示他們要把你驅逐出去。」

「狼！狼崽！滾開！」祭司大喊，手中還一面揮舞著聖羅勒的枝條。

「又一次叫我滾？上次是因為我是一個人，這次卻因為我是一隻狼。我們走吧，阿克拉。」

一個婦人——是梅蘇亞——跑向牛群，她哭喊著：「喔，我的兒子，我的兒子！他們說你是妖魔鬼怪，能隨心所欲讓自己變成野獸。我不相信，但是你走吧，否則他們會殺了你。布爾迪歐說你會巫術，可是我知道，你已經替死去的納索報了仇。」

「回來，梅蘇亞！」群眾喊道，「回來，否則我們也要往妳身上丟石頭了。」

一顆石頭砸到莫格利的嘴巴，他冷冷地笑了一下。「回去吧，梅蘇亞。這和他們黃昏時在大樹下瞎編的故事一樣荒唐。不過至少我已經替妳兒子報了仇。再見了。快回去吧，我要把牛群趕過去，他們的速度可是比飛擲的石頭更快呢。我不是巫師，梅蘇亞。再見了！」

「好了，阿克拉，再來一次，」他叫道，「把牛群趕進去吧。」

水牛早就急著要回到村裡，幾乎不等阿克拉吼叫，他們就像旋風一樣衝過村子入口，群眾四下逃散。

「數清楚！」莫格利輕蔑地喊道，「說不定被我偷了一隻。好好數一數，因為我再也不會幫你們放牛了。再見了，人類的小孩，你們要感謝梅蘇亞，我是因為她才沒有帶著我的狼進入村子到處獵殺。」

他轉過身，和獨身狼一起離開，當他仰望天上的星星時，他覺得很幸福。「阿克拉，我再也不用睡在陷阱裡了。我們去拿希克翰的皮，然後就離開這裡。不，我們不會傷害村民，因為梅蘇亞對我很好。」

當月亮爬升到平原上空，月色一片朦朧，被嚇壞的村民看見莫格利身後跟著兩隻狼，頭上頂著一包東西，踩著狼穩健快

速的步伐，如野火燎原般奔馳而過。於是村民把廟宇的鐘敲得更大聲，把海螺吹得更響。梅蘇亞悲傷地哭著，布爾迪歐則把他在叢林裡的經歷加油添醋地敘述了一番，最後竟然說，阿克拉用後腳站直身子並且說起了人話。

莫格利和兩隻狼來到會議岩的山上時，月亮已經開始下沉，他們在狼媽媽的山洞前停下來。

「他們把我從人群中趕出來了，媽媽。」莫格利喊道，「但是我實現了諾言，我把希克翰的毛皮帶來了。」狼媽媽從洞裡費力地走出來，狼崽們跟在她後面，她一看到虎皮，雙眼立刻亮起來。

「小青蛙，那天當他把頭和肩膀塞進這個洞裡，想要取你的性命的時候，我就告訴過他——獵捕者總有一天也會被獵捕。你做得好。」

「小兄弟，幹得好。」灌木叢裡傳來一個低沉的聲音，「少了你，我們在叢林裡很寂寞。」話聲剛落，貝格西拉就跑到光著腳丫的莫格利跟前。他們一起爬上會議岩，莫格利把虎皮鋪在阿克拉過去坐的那塊平坦的岩石上，並且用四根竹釘固定住。然後阿克拉在虎皮上趴下，用昔日召喚大會的聲音說：「仔細看看——眾狼們，仔細看看。」那聲音就跟莫格利第一次被帶到這裡時一模一樣。

自從阿克拉被趕下臺，狼群就沒有首領，他們任意捕獵和

鬥毆。但是出於習慣，他們還是回應了那聲音。他們有些跌入陷阱變成殘廢；有些被槍射傷，走起路一瘸一拐的；有些吃了髒東西而長了疥癬；當然還有許多失蹤不見了。不過，存活下來的狼都到會議岩來了，並且看到希克翰的條紋毛皮鋪在岩石上，巨大的爪子連著空心的虎腳垂吊在空中。就在這時候，莫格利即興哼出一首自己編的歌，他大聲地唱著，還在虎皮上蹦蹦跳跳，而且用腳後跟打拍子，直到喘不過氣為止，而灰兄弟和阿克拉則發出嗥叫聲伴唱。

「各位，仔細看看。我遵守諾言了吧？」莫格利說。狼群回答：「是的。」然後一隻毛皮破爛的狼吼道：

「再次領導我們吧，阿克拉。再次領導我們吧，人崽，我們厭煩了這種沒有紀律的生活，我們要再次成為自由的族群。」

「不，」貝格西拉說，「不行，等你們吃飽了，又要發起瘋來。把你們叫做自由的族群可不是沒有緣故的。你們為自由而戰，現在得到了。那就好好享受吧，眾狼們。」

「人和狼都把我逐出他們的族群，」莫格利說，「現在我要獨自在叢林裡獵食了。」

「我們會和你一起獵食。」四隻小狼說。

說完莫格利就離開了，而且從那天起，他就都和那四隻小狼在叢林裡獵食。但是他並沒有孤獨一輩子，因為多年之後他長大成人並且結了婚。

不過，那是屬於大人們的故事了。

莫格利之歌

這是他在會議岩上一面踩著希克翰的毛皮跳舞，一面唱著的歌：

莫格利之歌——我，莫格利，在唱歌。讓叢林聽聽我的事蹟。

希克翰說他要殺我——要殺我！黃昏時在村子入口他要殺死青蛙莫格利！

他吃飽喝足了。痛快地喝吧，希克翰，否則你何時能再有機會喝？睡吧，到夢裡去殺我。

我獨自在牧草地上。灰兄弟，快來啊！獨身狼，快來啊，大獵物就在附近！

帶著大公水牛，藍色皮膚、眼神凶惡的成群水牛往前衝。照我的指示引領他們來回奔馳。你還在睡嗎，希克翰？喔，醒來吧，快醒來！我來了，而且牛群就在我身後。

拉瑪，水牛之王，重重地踩著腳。維崗加河啊，希克翰在哪裡？

他不像伊奇會挖洞，也不像孔雀瑪奧會飛。他也不像蝙蝠曼恩能倒掛在樹枝上。嘎嘎作響的小竹子，告訴我他跑哪去了？

噢！他在那裡。啊！他在那裡。跛腳虎躺在拉瑪的腳下！起來，希克翰！站起來大開殺戒！這裡有大餐啊；咬斷公牛的脖子吧！

噓！他在睡覺。我們不要驚擾他，因為他力大無比。鳶鷹飛下

來看了，黑螞蟻也爬出來瞧個究竟，為了他，這裡有一場盛大的集會要展開了。

哎呀！我沒有衣服可穿。鳶鷹會看到我全身赤裸。我羞於見所有人。

把你的毛皮借給我吧，希克翰。把你那件華麗的條紋外衣借給我，好讓我前往會議岩。

以贖回我的那頭公牛為證，我曾許下誓言——一個小小的誓言。獨缺你的外衣，我的誓言就可以完成。

我拿著刀，拿著人類用的刀，拿著獵人用的刀，我彎下身來取我的禮物。

維崗加河啊，希克翰是因為愛我才把他的毛皮給我。用力拉呀，灰兄弟！用力扯呀，阿克拉！希克翰的毛皮可真是重啊。

人群發怒了。他們丟擲石頭，還說幼稚的話。我的嘴巴流血了，讓我逃走吧。

我的兄弟們，跟著我奔過黑夜，奔過炎熱的黑夜。我們將遠離村莊的燈火，朝垂掛半空的月亮奔去。

維崗加河啊，人群把我驅逐了。我沒有傷害他們，他們卻怕我。為什麼？

狼群啊，你們也把我驅逐了。叢林對我關上大門，村莊對我關上大門。為什麼？

所以我在村莊和叢林之間遊蕩，就像曼恩在野獸和鳥類之間徘

徊。為什麼？

　　我在希克翰的毛皮上跳舞，心情卻很沉重。我的嘴巴被村民丟擲的石頭砸傷，但是我的心情很輕鬆，因為我又回到了叢林。這是為什麼？

　　這兩件事在我的內心激戰，就像蛇在春天裡打鬥。淚水從我的眼睛流出；但是滴落時我卻笑了。為什麼？

　　我很矛盾，但是希克翰的毛皮在我的腳下。

　　整個叢林都知道我殺死了希克翰。看——仔細看，狼兄弟們！

　　唉！我不明白的事情太多了，我的內心很沉重。

第四章　白海豹

喔！別出聲，
我的寶貝，黑夜就要降臨，
漆黑的海水閃爍著綠色的光芒，
海浪上方的月亮低頭看著我們，
在隆隆的浪谷裡休息。
海浪一波又一波，
那是你柔軟的枕頭，
啊，收起你小小的鰭腳安心地睡吧！
沒有暴風雨驚擾，沒有鯊魚襲擊，
在輕輕擺盪的海水懷抱裡睡個好覺！

——海豹搖籃曲

第四章

白海豹

在很遠很遠的白令海峽上有個聖保羅島，以下這些事情就是幾年前發生在島上一個叫諾瓦斯圖席納，又叫東北岬的地方。故事是一隻叫利莫辛的冬鷸鶘告訴我的，當時他被風吹落到一艘開往日本的輪船的索具上，我把他帶到船艙裡幫他暖身子，又餵了他幾天，直到他康復能再飛回到聖保羅島。莫利辛是一隻非常奇特的小鳥，不過他知道怎麼說實話。

從一個叫哈奇森的小山丘上，你可以看到方圓三哩半內到處都是在打鬥的海豹；海邊澎湃的海浪中，也可看到一隻隻海豹冒出頭來，他們正急著登上岸加入打鬥的行列。他們在浪花中打鬥，在沙灘上打鬥，在做為哺育區的平滑玄武岩上打鬥，因為他們和男人一樣愚蠢好鬥。他們的妻子要等到五月底或六月初才會到島上來，因為她們不想被撕成碎片；而那些兩歲、三歲、四歲，尚未成家的年輕海豹，則會穿越打鬥的海豹群往內陸走約半哩路，成群結隊地在沙丘上玩耍，把地上所有的綠色植物都踩躪殆盡。那些年輕海豹被叫做霍盧斯契基——也就是單身漢——光是在諾瓦斯圖席納或許就有二、三十萬隻。

　　瑪卡的孩子科迪克就是在一片混亂中誕生的。他的頭和肩膀特別大，有著一雙水汪汪的淺藍色眼睛，就跟所有的小海豹一樣。不過他的毛皮有些特別，海豹媽媽不禁要仔細地看看她那寶貝孩子。

　　「西凱奇，」她看了許久之後終於說，「我們的孩子以後會變成白色的！」

　　「胡說八道！」西凱奇哼著鼻子說，「世界上從來就沒有白色的海豹。」

　　「那我也沒辦法，」瑪卡說，「不過很快就要有了。」然後她開始輕聲唱起海豹歌謠，所有的海豹媽媽都會唱這首歌給自己的寶貝聽：

　　你要長到六週大才能去游泳，
　　否則你會頭朝下腳朝天沉入水裡；
　　夏天的強風和殺人鯨，
　　是小海豹的死敵。

　　是小海豹的死敵呀，親愛的寶貝，
　　他們是最壞的死敵；
　　但是大海之子啊，
　　盡情的戲水，快快長大，

你就會平安無事！

　　當然，小傢伙一開始並不了解歌詞的意思。他在媽媽身旁划水、爬行，當爸爸和其他海豹打鬥，在光滑的岩石上到處翻滾、吼叫時，他就學著爬到一旁。瑪卡經常到海裡覓食，小海豹兩天才餵食一次，但是每次他都把食物吃光，倒也因此長得很健壯。

　　小海豹和小孩一樣，生下來是不會游泳的，但只要一天

・一隻隻海豹急著上岸，想加入打鬥的行列。

學不會游泳，他們就一天不開心。科迪克第一次下水時，就被海浪捲到沒頂的深海區，他的大腦袋往下沉，小小的後鰭往上翹，就和媽媽對他唱的歌謠一樣。要不是另一波海浪將他沖上岸，他可能已經淹死了。

十月下旬，海豹們開始離開聖保羅島，攜家帶眷地成群前往深海，這時岸上不再有激烈的打鬥，霍盧斯契基也可以自由地玩樂了。「明年，」瑪卡對科迪克說，「你就是霍盧斯契基了，但是今年你必須學會捕魚。」

他們一起出發橫渡太平洋。瑪卡教科迪克如何仰面睡覺，把鰭腳收攏在身子兩旁，只讓小小的鼻子露出海面。再也沒有比太平洋上擺盪起伏的長浪更舒服的搖籃了。當科迪克感覺全身的皮膚刺痛時，瑪卡說那是因為他正在體會「水的感覺」，那種刺痛的感覺就意味著天氣即將轉壞，他必須使勁地游離那個地方。

這只是科迪克所學的眾多事情中的一件，他隨時隨地都在學習。瑪卡教他如何沿著海底沙洲尾隨鱈魚和大比目魚，將三鬚鱈從水草叢的洞穴裡扭拉出來；如何繞過沉沒在百噚深的海底船隻殘骸，像魚群一樣以子彈般的速度在舷窗間穿進穿出；當天空中閃電追逐時，如何在浪頭上跳舞，禮貌地向御風而下的短尾巴信天翁和軍艦鷹揮揮鰭腳；如何收緊兩側鰭腳，彎起尾巴，像海豚一樣躍出水面三、四呎高。她還教他不要理會那

些飛魚，因為他們全都骨瘦如柴；教他在十噚深的海中，全速前進抓下鱈魚肩頭的肉；還有無論如何不能停下來觀看航行的船隻，尤其是划槳的小船。經過六個月，科迪克幾乎學會所有深海捕魚的要領，而在這段期間裡，他的鰭都沒有碰過乾燥的陸地。

然而有一天，他正半睡半醒地躺在胡安‧費爾南德斯島外某處溫暖的海水裡時，突然覺得全身無力，懶洋洋地，就像春天來臨時人類會有的感覺，此時他想起了七千哩外諾瓦斯圖席納美好結實的海灘。於是他立刻朝北方穩健地游去，一路上他遇見了二十多個同伴，大家都朝相同的目標前進。他們說：「你好，科迪克！今年我們都是霍盧斯契基了，可以在盧卡儂附近的浪花上跳火焰舞，在新長出來的草地上玩耍。可是你這一身毛皮是從哪來的？」

科迪克現在幾乎是一身純白，雖然他為此感到非常驕傲，卻只回答說：「快游吧！我想陸地想得骨頭都疼了。」於是，他們全都回到了出生的海灘。

當天晚上，科迪克和一歲的小海豹們跳起了火焰舞。夏日夜晚，從諾瓦斯圖席納到盧卡儂，海面上綴滿了火光，每隻海豹躍起時都留下一道光亮的痕跡，彷彿身後正燃燒著油，海浪也碎成無數波光粼粼的條紋和漩渦。接著，他們進入內陸，來到屬於霍盧斯契基的地盤，在新生的野麥田裡滾來滾去，講述

他們在海裡發生的故事。他們談論著太平洋，就像男孩們談論
他們採堅果的森林一樣，如果有人能聽懂他們的話，回去之後
一定能畫出一幅前所未有的海洋圖。一群三、四歲的霍盧斯契
基從哈奇森山丘上蹦跳下來，叫嚷道：「小伙子，讓開！大海
可深了，你們不懂得還多著呢！等你們繞過合恩角就知道了。
嘿，一歲的小傢伙，你一身的白皮毛從哪找來的？」

「不是我找的，」科迪迪克說，「是它自己長出來的。」
他正打算把那個問話的海豹撞翻，卻看到兩個臉蛋扁平紅潤的
黑髮男人從沙丘後方走出來。科迪克從來沒看過人類，他咳了
一聲，立刻低下頭，其他霍盧斯契基則慌忙退後幾碼，然後坐
在那裡傻傻地看著。那兩個人就是島上獵捕海豹的首腦柯瑞
克·布特林和他的兒子派特拉蒙。他們從距離海豹哺育區不到
半哩遠的一個小村子前來，正在考慮要把哪些海豹趕往屠宰場
──趕海豹就跟趕綿羊一樣──人們會用他們的毛皮來製作海豹
皮夾克。

「咦！」派特拉蒙說，「你看，那裡有一隻白色海豹！」
柯瑞克·布特林那張蒙著油煙的臉立刻變得慘白──他是
阿留申人，而阿留申人都不怎麼愛乾淨。他開始低聲祈禱，並
且說：「不要碰他，派特拉蒙。從──從我出生到現在，還沒
看過有白色海豹！也許那是老扎哈洛夫的鬼魂。他在去年的一
場大風暴中失蹤了。」

「我不會靠近他，」派特拉蒙說，「他不吉祥。你真的認為是老扎哈洛夫的鬼魂回來了嗎？我還欠他一些海鷗蛋呢。」

「不要看他，」柯瑞克說，「去攔住那群四歲大的海豹吧。今天應該要剝兩百隻海豹的皮，不過這一季才剛開始，他們又都是新手，一百隻就夠了。快點！」

派特拉蒙在一群霍盧斯契基面前，把一對海豹的肩胛骨敲得格格響，他們立刻呆在那裡，動也不動，呼呼地喘著粗氣。接著他走向前去，海豹們便開始移動，於是柯瑞克領著他們往內陸走去，他們根本沒想到要轉過身回到同伴那裡。數十萬隻海豹就看著他們被趕走，但是仍繼續玩樂，毫無異樣。科迪克是唯一提出疑問的海豹，但是沒有一個同伴能回答他，他們只知道每年有六個星期或兩個月的時間，人類總是這樣驅趕某一群海豹。

「我要跟著他們。」他一說完，就隨著海豹群的足跡趕過去，眼珠子幾乎要蹦出來了。

「那隻白海豹跟在我們後面，」派特拉蒙大聲嚷著，「海豹自己上屠宰場，這還是第一次呢。」

「噓！不要回頭看。」科迪克說，「那是扎哈洛夫的鬼魂！我得把這件事告訴祭司。」

到屠宰場只有半哩遠，不過他們得花一個小時的時間才能走到，因為柯瑞克知道，如果海豹走得太急，身體會發熱，那

麼剝下來的皮就會一片一片而不完整。因此他們走得非常慢，經過海獅頭，經過偉伯斯特館，最後來到鹽屋，正好出了海灘上海豹們的視線。科迪克跟在後面，他氣喘吁吁，心中一陣狐疑。他以為自己來到了世界的盡頭，但是身後海豹群傳來的叫聲，卻像火車穿過隧道時的轟隆聲那麼響亮。科瑞克在苔蘚上坐下來，掏出一隻沉甸甸的白鑞錶，要讓海豹休息三十分鐘，科迪克都可以聽到霧氣凝結成水珠，從他的帽緣滴落的聲音。接著，有十個或十二個男人走過來，每個人手上都拿著一根三、四呎長的鐵皮棍。科瑞克指出幾隻被同伴咬傷或身體太熱的海豹，那些男人就用海象頸皮做成的重重靴子，把那幾隻海豹踢到一邊。然後，柯瑞克一聲令下：「動手！」他們的棍子便飛快地朝海豹們的頭上落下。

十分鐘後，小科迪克已經完全認不出他的朋友們了，因為他們的毛皮從鼻子到後鰭全部被剝扯下來，扔到地上堆成一堆。科迪克再也無法忍受。他轉過身，立刻往大海飛奔（海豹可以在短時間內快速奔跑），新長出來的小鬍鬚因為恐懼而豎了起來。到了海獅頭，一群身體龐大的海獅坐在浪花沖擊的淺灘邊，科迪克兩隻前鰭高舉過頭，猛地跳入冰涼的海水裡，身體不斷晃動，而且痛苦地喘著氣。「這是什麼？」一隻海獅粗暴地說，因為海獅通常不和其他動物在一起。

「思古奇尼！歐森斯古奇尼！（我好孤獨，非常孤

．科迪克看到自己同伴被殺，忍不住躲在海獅群裡大哭。

獨！）」科迪克說，「他們要把海灘上所有的霍盧斯契基都殺死！」

海獅把頭轉向岸邊。「胡說八道，」他說，「你的朋友還是和平常一樣吵鬧。你一定是看到老柯瑞克殺死了一群海豹，他這麼做都已經三十年了。」

「太可怕了。」科迪克說。這時一個浪頭打來，他倒退了幾步，於是他趕忙拍打鰭腳把自己穩住，在距離他不到三吋遠的一塊鋸齒狀的岩石邊停住。

「漂亮，一歲的小海豹竟然能做到這樣！」海獅說，他對游泳好手很欣賞。「我想，從你的角度來看那的確很可怕。但是如果你們海豹每年都到這裡來，人類當然會知道你們的行蹤，除非你們找到一個沒有人跡的島嶼，否則你們還是會被趕去宰殺的。」

「有這樣的島嶼嗎？」科迪克問。

「我在波爾圖（大比目魚）後面跟了二十年，也還不敢肯定有這樣的地方。可是你似乎很喜歡跟長輩說話，我想你可以到海象小島找希維奇談談。他也許會知道。不要那麼焦急，從這裡游過去有六哩遠呢。小傢伙，如果我是你，我會先上岸小睡一下再出發。」

科迪克覺得這個建議不錯，於是他游回自己的海灘，上岸睡了半個小時。就像所有海豹一樣，他睡覺時全身抽動。睡醒

之後，他逕直朝海象小島游去。那是一個低矮多岩石的小島，幾乎就位在諾瓦斯圖席納的正東北方，島上到處都是突出的岩塊和海鷗巢，只有海象成群地在那裡生活。

科迪克在離老希維奇不遠的地方上岸。希維奇是一隻北太平洋海象，巨大、醜陋、臃腫、長滿疙瘩、粗頸、長牙，他粗暴無禮，只有睡覺的時候例外，就像現在這樣，後鰭一半泡在浪花裡一半露出水面。

「醒醒呀！」科迪克大喊，因為海鷗的聲音太吵了。

「哈！喔！嗯！誰啊？」希維奇說，他用長牙敲醒旁邊的海象，旁邊的海象又敲醒旁邊的，最後所有海象都醒了，他們朝四面八方張望，就是看不到科迪克。

「嗨，是我！」科迪克說，他在浪花中浮上浮下，看起來像是一隻白色小蛞蝓。

「哎呀！剝了我的皮吧！」希維奇說。所有海象都注視著科迪克，你可以想像一下，這就像俱樂部裡一群昏昏欲睡的老紳士盯著一個小男孩看一樣。這時候的科迪克不想再聽到任何剝皮之類的話，他已經受夠了。於是他大聲喊道：「有沒有一個可以讓海豹棲息，但是沒有人跡的地方？」

「去找啊，」希維奇閉著眼睛回答，「走開，我們正忙著呢。」

科迪克像海豚一樣騰空跳起，用最大的聲音喊道：「吃蛤

蜊的傢伙！吃蛤蜊的傢伙！」他知道希維奇一輩子沒抓過魚，只是用鼻子翻找蛤蜊和海草來吃，雖然老是擺出一副很嚇人的樣子。當然，那些總是在找機會撒野的北極鷗、三趾鷗和海鸚，這時也跟著喊叫起來——利莫辛是這麼跟我說的——差不多有五分鐘的時間，即使有人在海象小島上開槍也聽不到槍響。島上所有鳥類都尖聲喊叫：「吃蛤蜊的傢伙！史塔瑞克（老頭）！」希維奇則翻來滾去，不停地發出呼嚕聲和咳嗽聲。

「現在你可以告訴我了嗎？」科迪克問，他已經快喘不過氣了。

「去問海牛吧，」希維奇說，「如果他還活著，他就會告訴你。」

「我要怎麼知道誰是海牛？」科迪克轉身要離開時問道。

「他是大海裡唯一比希維奇還醜的東西。」一隻在希維奇鼻子下方盤旋的北極鷗尖叫道，「更醜，而且更沒禮貌！史塔瑞克！」

科迪克游回了諾瓦斯圖席納。他發現，他盡力想爲海豹們找一處寧靜的地方，但是並沒有得到任何支持。大家都告訴他，人類一向都這樣宰殺霍盧斯契基，那是他們日常工作的一部分，如果他不想看到那些可怕的事情，就不應該到屠宰場去。然而，其他海豹都沒有看過屠殺的場面，這就是造成他和朋友之間看法迥異的原因。而且，科迪克還是一隻未成熟的小

海豹。

　　那年秋天，他迅速離開諾瓦斯圖席納，而且是獨自出發，因爲他圓圓的腦袋裡有一個想法。他要去尋找海牛，如果大海裡眞有這號人物；他要去尋找一個安靜的島嶼，那裡有美麗又堅實的海灘可以讓海豹居住，而且沒有人類打擾。

　　他獨自從北太平洋探察到南太平洋，有時候一整天游了三百哩。每回他發現一處美麗堅實的沙灘，後方還有斜坡可供海豹們玩耍，卻總會看見地平線上有捕鯨船提煉鯨魚油所冒出的黑煙，科迪克知道那意味著什麼。他也發現幾座海豹們曾經棲息的島嶼，但是全都被宰殺了，科迪克知道，人類一旦來過就一定會再來。

　　利莫辛列了一長串島嶼的名稱，他說科迪克花了五年時間到處尋找，每年有四個月的時間在諾瓦斯圖席納休息，這時候霍盧斯契基們總會嘲笑他和他夢想中的島嶼。他到過赤道附近的加拉帕格群島，那是一個非常乾燥的地方，他差點在那裡被烤焦了；他到過喬治亞群島、南奧克尼群島、愛莫拉德島、小南丁格爾島、高夫島、布維島、克羅塞特群島，甚至到過好望角南端一個只有丁點大的小島。但是不管他到哪裡，海裡的居民都跟他說一樣的話。那些島嶼海豹都曾經到過，但是都被人類殺光了。甚至當他游離太平洋幾千哩遠，到了一個叫柯林特斯角的地方（那是他從高夫島返回途中發現的），在一塊岩石

上發現幾百隻長疥癬的海豹，他們也告訴他人類早已經到過那裡。

科迪克的心都要碎了，於是他繞過合恩角朝自己的海灘游去；在往北返家的途中，他爬上一座長滿綠樹的小島，在那裡他發現了一隻很老很老、已經奄奄一息的海豹。科迪克抓魚給他吃，並且把自己所有的憂傷都告訴他。「現在，」科迪克說，「我要回諾瓦斯圖席納了，如果我和其他霍盧斯契基一起被趕到屠宰場，我也不在乎了。」

老海豹說：「再試試吧。我是已經絕跡的馬薩夫拉海豹群僅剩的成員了，在人類屠殺我們成千上萬同伴的那段日子裡，海灘上流傳一個故事，說有一天會有一隻西凱奇（成熟海豹的稱謂）從北方來，帶領所有海豹前往一處可以安靜生活的地方。我已經老了，不可能看到這一天到來，但是其他海豹可以。再試一次吧。」

科迪克翹起了鬍鬚（很漂亮的鬍鬚），說道：「我是海灘上有史以來唯一的一隻白色海豹，而且，不管是黑色或白色，我都是唯一想要尋找新島嶼的海豹。」

這件事大大地鼓舞了他。那年夏天他返回諾瓦斯圖席納的時候，他的媽媽瑪卡要求他結婚安定下來，因為他已經不再是霍盧斯契基，而是一隻成年的「西凱奇」，肩膀都已經長出捲曲的白色鬃毛了，像他父親一樣健壯勇猛。「再給我一年時

間，」他說，「媽媽，不要忘了，打上沙灘的海浪總是第七波湧得最遠。」

奇怪的是，另外一隻母海豹也打算延後一年結婚。科迪克出發做最後一趟冒險的前一晚，便和她跳著火焰舞，一路跳到盧卡南海灘。科迪克這次往西游，因為他碰巧遇上一群大比目魚，而且他每天至少要吃一百磅的魚才能維持良好的身體狀況。他追著魚群，追累了就把身子蜷起來，躺在湧向卡波島的大浪窩裡睡覺。他很熟悉這裡的海岸，因此午夜時分當他感覺自己輕柔地撞上一片草床時，他說：「嗯，今晚的浪潮變強了。」接著，他在水裡翻了個身，慢慢張開眼睛，舒展身體。突然他像貓一樣跳了起來，因為他看到淺水處有巨大的東西在東嗅西嗅，並且咀嚼著濃密的海草叢邊緣的草。

「以麥哲倫的巨浪發誓！」聲音從鬍鬚下方的嘴巴說出，「那些在深海裡的傢伙究竟是什麼啊？」

他們不像科迪克所見過的海象、海獅、海豹、熊、鯨魚、鯊魚、魚類、烏賊或扇貝。他們有二十到三十呎長，他們沒有後鰭，卻有一條像是用濕皮革削剪成的鏟狀尾巴。他們的頭是你所見過最可笑的東西，不吃草的時候，他們就在深水裡用尾巴末端保持身體平衡，還互相莊嚴地鞠躬，同時揮動前鰭，就像胖男人揮動著手臂一樣。

「啊咳！」科迪克說，「紳士們，你們好嗎？」那些龐然

大物的回應仍然只是鞠躬和揮動鰭腳，和愛麗絲夢遊仙境裡的青蛙僕人的動作沒兩樣。他們又開始吃東西的時候，科迪克發現他們的上嘴唇裂成兩半，裂口可以迅速拉開約一呎寬，當兩片上嘴唇又合起來，就可以咬斷一大叢海草。他們把海草塞進嘴裡，神情嚴肅地咀嚼著。

「這種吃相真噁心。」科迪克說。他們又一次鞠躬，科迪克開始不耐煩了。「很好，」他說，「就算你們的前鰭多了一個關節，也不用這樣炫耀吧。我知道你們鞠躬的動作很優雅，但是我想知道你們的名字。」裂開的嘴唇又動了動，呆滯的綠色眼睛凝視著前方，但就是不說話。

「哎呀！」科迪克說，「你們是我見過唯一比希維奇還醜的動物——而且更沒禮貌。」

這時候，他突然想起一歲時在海象小島上北極鷗對他尖聲說過的話。他立刻往後翻身跳進海裡，因為他知道他終於找到海牛了。

海牛繼續那可笑的彎腰動作、吃草、咀嚼，科迪克用自己在旅途中學到的各種語言問他們問題——海洋動物的語言種類幾乎和人類的一樣多。但是海牛沒有回答，因為海牛不會說話。他們的頸部本來應該有七根骨頭，但是卻剩下六根，據說就是因為這樣，他們甚至無法跟同伴交談。不過你也知道，他們的前鰭多出一個關節，只要把它上下左右揮動，也算是在傳

遞一種笨拙的電報信號。

天亮的時候，科迪克的鬃毛都已經豎起來，他的耐心也跟著死去的螃蟹消失了。海牛開始以非常緩慢的速度向北移動，不時還會停下來開個可笑的鞠躬會議。科迪克跟在他們後面，他對自己說：「像他們這種笨蛋，如果不是找到一個安全的島，早就被殺光了。那麼，適合海牛的地方也一定適合海豹。不過，我還是希望他們能游快一點。」

對科迪克來說，跟著海牛是件很乏味的工作。海牛群一天最多游四、五十哩，晚上還要停下來吃草，而且總是沿著海岸前進。不管科迪克是繞著他們游，還是游到他們上方或下方，都無法使他們加快半哩速度。游到更北方時，他們每隔幾個小時就要開一次鞠躬會議，科迪克焦急地差點咬斷自己的鬍鬚。後來他發現他們是跟著一股暖流走，這才對這群海牛稍感敬意。

一天晚上，他們沉入泛著波光的水面下──就像石頭一樣往下沉──自從他認識海牛以來，第一次看到他們快速地游起來。科迪克跟在後面，他們的速度令他感到驚訝，他從來沒想過海牛也是游泳好手。他們朝岸邊一道筆直伸入海中的峭壁游去，然後鑽進峭壁底下一個二十噚深的黑洞。那是一段漫長的路程，科迪克跟著他們穿過黑暗隧道，在探出水面之前，他已經急著想呼吸新鮮空氣了。

「我的天啊！」他從隧道另一頭鑽出水面，大口地喘著氣說，「這次潛水潛得眞久，不過很値得。」

海牛們已經分散，在海灘邊慵懶地吃著草。那是科迪克見過最美的海灘，光滑的岩石綿延數哩，正好可以做爲哺育小海豹的場所；岩石後面有斜降入內陸的堅實沙地，可做爲遊戲場；此外，還有可以讓海豹跳舞的滾滾捲浪、可以在上面打滾的長長草地，以及可以爬上爬下的沙丘。最重要的是，從來沒有人類到過這裡，科迪克憑著他對海水的感覺就可以知道，這瞞不過一隻眞正的海豹。

他做的第一件事，就是確認這裡魚量充足，然後他沿著海灘游去，數一數半隱在飄浮的美麗薄霧裡的低矮沙島有多少。北方較遠的外海有一長串沙洲、淺灘和礁岩，任何船隻都不能進入距離海灘六哩之內的地方。這些小島和大陸之間是一片深水，一直延伸到垂直的峭壁那裡，峭壁下的某一處就是隧道的入口。

「這又是另一個諾瓦斯圖席納，但是比那裡好上十倍。」科迪克說，「海牛一定比我想像的還聰明。就算有人，他們也沒辦法從峭壁上下來；而臨海的那些淺灘也會讓船隻撞得粉碎。如果大海上有什麼安全的地方，那就是這裡了。」

他開始思念自己拋下的母海豹，但儘管他急著返回諾瓦斯圖席納，他還是徹底勘查了這個新的棲息地，以便應付所有被

問及的問題。

他潛入水裡，找到隧道的入口，然後快速穿越隧道往南游去。除了海牛和海豹之外，誰也想不到會有這樣的地方，即使當科迪克回頭望向峭壁，他也不敢相信自己竟然到過那下面。

他花了六天時間才回到家，儘管他已經游得很快。當他在海獅頸上岸後，第一個遇到的就是一直在等待他的那隻母海豹，她從科迪克的眼神看得出來，他終於找到他的島嶼了。

但是，當他把自己的發現告訴霍盧斯契基、他的父親西凱奇和其他所有海豹時，他們都嘲笑他。其中一隻年紀和他相仿的海豹說：「這很好，科迪克，但是你不能從一個誰也不知道的地方冒出來，然後就要我們離開這裡。別忘了，我們一直在為我們的哺育區搏鬥，而你從來沒有盡過一點心力，你寧可在大海裡四處遊蕩。」

其他海豹都笑了起來，那隻年輕的海豹開始左右搖擺著頭。他那年剛結婚，所以對這件事格外關注。

「我不用搏鬥爭取哺育區，」科迪克說，「我只是想帶你們去一個安全的地方。搏鬥有什麼用？」

「喔，如果你想打退堂鼓，我也沒什麼好說的。」年輕海豹說，還邪惡地咯咯笑著。

「如果我打贏你，你會跟我走嗎？」科迪克問。他的眼睛泛起綠光，因為到頭來還是得打一架，他非常氣憤。

「好啊，」那隻年輕的海豹漫不經心地回答，「如果你贏了，我就跟你走。」

他沒時間改變心意了，因為科迪克的頭已經伸過來，牙齒也咬進了年輕海豹肥厚的脖子。接著科迪克往後一蹲，把對手拖到沙灘上，用力搖晃他，將他撞倒在地。科迪克對著其他海豹大吼：「這五年來，我已經為你們盡了最大努力。我已經為你們找到一個安全的島嶼，但是不把你們的腦袋從愚蠢的脖子上扯下來，你們是不會相信的。我現在就給你們一點教訓，你們自己小心了！」

利莫辛告訴我，他一生中——利莫辛每年都會見到上萬隻大海豹打鬥——他短短的一生中，從來沒見過像科迪克衝進哺育區那樣的打鬥場面。科迪克撲向在場最大隻的海豹，掐住他的喉嚨讓他喘不過氣，然後不斷猛力撞擊，直到他求饒才將他丟到一旁，繼續撲向另一隻海豹。科迪克的父親老西凱奇看著他飛奔而過，把那些灰白鬍子的老海豹當成大比目魚似的拖拉，又把年輕的單身海豹打得東倒西歪。於是老西凱奇大吼一聲，喊道：「他或許是個傻瓜，但他是海灘上最好的戰士。兒子啊，可別對你父親動手！他是和你站在同一陣線的！」

科迪克吼叫一聲做為回應，老西凱奇便搖搖晃晃地走過去加入戰局，鬍鬚都豎了起來，呼呼喘著氣像極了火車頭。瑪卡和即將嫁給科迪克的母海豹則蜷縮在一旁，欣賞著她們的男子

漢。這是一場精采的打鬥，他們兩個一直打到所有海豹都不敢抬起頭來。然後他們肩並肩、威風凜凜地在海灘上走來走去，一面大聲吼叫。

入夜之後，當北極星穿透霧氣閃閃發亮時，科迪克爬上一塊光禿禿的岩石，看著下方亂七八糟的哺育區和受傷流血的海豹們。「現在，」他說，「你們已經得到教訓了。」

「我的天啊！」老西凱奇一邊說，一邊費力地挺直身體，因為他也受了重傷，「殺人鯨也不能把他們傷得更嚴重了。兒

·一星期後，科迪克領著他的部隊往海牛隧道出發。

子啊，我為你感到驕傲，而且我還要跟你到你的島嶼去——如果真的有這麼一個地方。」

「聽著，你們這些海上的肥豬！誰要和我一起去海牛的隧道？快回答，否則我就再教訓你們一頓。」科迪克吼道。

海灘上響起一陣低語聲，彷彿一波接一波的浪潮聲。「我們要去，」幾千個疲倦的聲音說，「我們會跟隨西凱奇科迪克。」

科迪克把頭垂到雙肩中間，驕傲地閉上眼睛。他從頭到腳都被血染成紅色，不再是一身雪白。儘管如此，他卻不屑看一眼或摸摸自己的傷口。

一個星期後，科迪克領著他的部隊（大約一萬隻霍盧斯契基和老海豹）往北朝海牛的隧道出發了。留在諾瓦斯圖席納的海豹們都說他們是傻瓜。但是第二年春天，當所有海豹在太平洋的捕魚場相遇的時候，科迪克的海豹們講述起海牛隧道那邊的新海灘，於是有越來越多的海豹離開諾瓦斯圖席納、盧卡儂和其他海豹哺育場，轉往那個寧靜、隱蔽的海灘。每一年，科迪克都會在那裡坐上一整個夏天，而且越來越巨大、肥碩、健壯，而那些霍盧斯契基則圍繞著他，在這個沒有人類出現的海裡嬉戲。

盧卡儂

聖保羅島上所有海豹在夏天返回他們的海灘時，都會唱這首優美的深海之歌。這可說是一首非常悲涼的海豹國歌。

我在清晨遇見了同伴（唉，但是我已經老了！），
夏日巨浪翻湧澎湃，拍打著岩岸，
我聽到他們齊聲高唱，淹沒了海浪聲，
盧卡儂海灘——兩百萬個聲音震天響。

鹹水潟湖邊舒適棲息地之歌，
騎兵大隊一路穿越沙丘之歌，
激起大海迸發熱情的午夜舞曲，
盧卡儂海灘——海豹獵人尚未到來！

我在清晨遇見了同伴（以後再也見不到他們！）；
他們成群來去，海灘上黑壓壓一片。
我們竭力高歌，歌聲遠達冒著點點泡沫的近海，
我們歡迎登陸部隊到來。

盧卡儂海灘——冬麥已經長高——

苔蘚浸潤在海霧中，已經溼透起皺，
我們的遊樂場閃閃發光，光潔又平滑！
盧卡儂海灘——我們出生的家！

我在清晨遇見了同伴，
在水中被人類射殺，在岸上遭棍棒毆打，
我們被人類驅趕到鹽屋，有如愚蠢溫馴的待宰綿羊，
我們依舊高唱盧卡儂——海豹獵人尚未到來！

轉向吧，轉往南方去吧；喔，古維盧斯卡，出發！
向深海總督講述我們的不幸故事；
再過不久，盧卡儂的海灘將空如岸邊被暴風擊破的鯊魚蛋，
再也看不到他們的海豹孩子出現了！

第五章 「里奇—迪基—塔威」

他到了洞口，
紅眼對皺皮大吼。

聽聽小紅眼說了什麼：
「奈格，出來和死亡跳舞吧！」
眼對眼，頭對頭，
（跟上拍子，奈格。）
直到其中一方死去才結束。
（悉聽尊便，奈格。）
你轉我也轉，我扭你也扭——
（奈格，快跑，快躲。）
哈！戴帽子的死神失手了！
（你要遭遇不幸了，奈格！）

第五章
「里奇─迪基─塔威」

　　這個故事是關於里奇─迪基─塔威在塞戈里營地一幢大平房的浴室裡，單槍匹馬進行的大戰役。

　　里奇─迪基─塔威是一隻貓鼬，從身上的毛和尾巴看起來很像貓，但是頭形和習慣卻又像鼬鼠。他的眼睛和那個動個不停的鼻端是粉紅色的。他可以任意用前腳或後腳去抓身上的任何一個部位。他還可以把尾巴抖鬆，使它看起來像一支洗瓶刷；當他急急忙忙穿越長長的草叢時，還會喊出作戰口號：「里克─第克─迪基─迪基─奇克！」。

　　有一天，盛夏的洪水把他沖出他和父母居住的洞穴，他又踢又叫，隨著洪水流進了路旁的一條水溝。他看見水面上漂浮著一小簇草，便緊緊地抱著它，然後就昏死過去。等他恢復知覺的時候，烈日當空，他發現自己躺在一條花園小徑上，全身又濕又髒。一個小男孩說：「這裡有一隻死貓鼬，我們來替他舉行葬禮吧。」

　　「不，」男孩的母親說，「我們把他帶進屋子裡，幫他擦

乾身體。也許他還沒死。」

他們把他帶進屋子裡，一個高大的男人用拇指和食指把他拎起來看了一下，說他還沒死，只是被水嗆昏了。於是他們用棉花把他裹起來，讓他在爐火旁取暖，不久他便睜開眼睛，還打了個噴嚏。

「好了，我們別嚇著他，看看他要做什麼。」高大的男人說，他是剛搬進這間平房的英國人。

要嚇著一隻貓鼬是全世界最困難的事，因為他從鼻子到尾巴都充滿了好奇的細胞。「快跑去看個究竟。」這是所有貓鼬家族的座右銘，而里奇－迪基正是一隻不折不扣的貓鼬。他看了看棉花，確定那不是好吃的東西，於是繞著桌子跑了一圈，然後坐直身子整理毛髮，搔搔癢，接著跳到小男孩的肩膀上。

「別害怕，泰迪，」他的父親說，「那是他交朋友的方法。」

「哎唷！他在我的下巴搔癢。」泰迪說。

里奇－迪基低頭往男孩的衣領和脖子之間看了看，又在他耳朵邊嗅了嗅，然後爬到地板上，坐下來抓抓自己的鼻子。

「天啊，」泰迪的媽媽說，「這哪像是野生動物！我想他這麼溫馴是因為我們對他很友好。」

「所有貓鼬都是這個樣子，」她的丈夫說，「泰迪要是不將他的尾巴拎起，或是把他關進籠子裡，他就會整天在屋子裡

．里奇好奇地在男孩身上跑來跑去。

跑進跑出。我們給他點東西吃吧。」

他們給了他一小塊生肉。里奇－迪基很喜歡，吃完後他跑到外面的陽台上，坐在太陽下抖鬆毛髮，讓它徹底晒乾。這時，他覺得舒服多了。

「這間屋子裡有許多東西可以發掘，」他心想，「比我們全家人一輩子能發掘的東西還多。我一定要留下來探個究竟。」

接著，里奇－迪基跑到外面的花園，想看看有沒有什麼新奇的事物。那是個大花園，只有栽種半邊土地，裡頭有像涼亭一樣高大的馬歇尼爾玫瑰叢，有萊姆樹和橘子樹，還有竹林以及高密的草叢。里奇－迪基舔舔嘴唇：「這真是個捕獵的好地方。」他心裡這麼一想，尾巴就不由自主地抖鬆成一支瓶刷。他在花園裡東跑西跑，這裡聞聞，那裡嗅嗅，直到聽見荊棘叢裡傳來悲痛的聲音。

那是縫葉鶯達齊和他的妻子。他們把兩片大樹葉併在一起，用纖維把葉緣縫合起來做成一個漂亮的巢，裡面再鋪上棉花和柔軟的絨毛。鳥巢前後搖晃，他們坐在巢邊哭泣。

「發生了什麼事？」里奇－迪基問。

「我們很悲傷，」達齊說，「昨天我們一個孩子從巢裡掉下去，被奈格吃掉了。」

「喔，」里奇－迪基說，「那的確很悲慘——不過我對這

裡不熟，誰是奈格啊？」

　　達齊和他的妻子縮回巢裡，沒有回答，因爲灌木叢下的茂密草叢裡傳來低低的嘶嘶聲——那個可怕冰冷的聲音使得里奇－迪基往後跳了整整兩呎遠。接著，奈格——一條黑色粗大的眼鏡蛇，從舌頭到尾端有五呎長——的頭和張大的頸部皮褶從草叢裡一點一點地伸出來。當他的身體有三分之一抬離地面，便開始前後搖晃以保持平衡，就像風中的蒲公英一樣。他用邪惡的蛇眼看著里奇－迪基，其實，無論蛇的心裡在想什麼，他們的神情始終都不會改變。

　　「誰是奈格？」他說，「我就是奈格。當第一條眼鏡蛇張開他的皮褶替正在睡覺的造物神梵天遮陽，從此梵天就在我們族人身上留下祂的印記。你看，怕了吧！」

　　他把皮褶張得更大，里奇－迪基看到他背後有個眼鏡印記，看起來和鉤鏈的扣眼一模一樣。當下，里奇－迪基確實害怕，但是貓鼬的害怕是不可能持續很久的，雖然他從未見過活生生的眼鏡蛇，但是他母親曾經餵他吃過死掉的眼鏡蛇，他也知道一隻成年貓鼬畢生都要對抗蛇、吃蛇肉。奈格也知道這一點，因此在他冷酷的內心深處還是感到恐懼的。

　　「後面！小心後面！」達齊突然叫道。

　　里奇－迪基當然不會浪費時間回頭看，他立刻使勁全力高高跳起，奈格邪惡的妻子奈加娜的頭從他下方飛掠而過。她

趁著里奇－迪基說話的時候，悄悄地爬到他身後，想置他於死地。他聽到她沒擊中而發出的凶猛嘶嘶聲。他從空中跳下時幾乎跨坐在她背上，如果他是隻經驗豐富的老貓鼬，就會把握這個機會咬斷她的背，但是他害怕眼鏡蛇急速而可怕的反擊。他確實咬了她一口，但是咬得不夠久；他跳離那急掃而來的尾巴，留下被咬傷又憤怒的奈加娜。

「邪惡，邪惡的達齊！」奈格大喊。他使勁朝荊棘叢高處的鳥巢竄去，但是達齊的鳥巢築在蛇搆不到的地方，只是前後擺盪著。

里奇－迪基覺得眼睛漸漸變紅、發熱（當貓鼬的眼睛變紅，表示他生氣了），他像一隻小袋鼠似的用尾巴和後腿往後坐下，看看四周，生氣地吱吱叫著。但是奈格和奈加娜已經消失在草叢裡。蛇一旦失手，絕不會說什麼，也不會表明他接下來有何舉動。里奇－迪基不想追上去，因為他不確定是否能同時對付兩條蛇。於是他跑到房子旁的石子路上，坐下來仔細思量，這對他而言是件重大的事情。

里奇－迪基知道自己是隻年輕貓鼬，所以一想到剛剛能躲過眼鏡蛇從背後的襲擊，就感到非常高興，這也增添了他的自信心。所以當泰迪朝著石子路跑來時，里奇－迪基便等著接受他的擁抱撫摸。

但是當泰迪彎下身的時候，塵土裡有東西扭動了一下，然

後一個細小的聲音說：「小心，我是死神！」那是卡瑞特，一條喜歡待在土裡的土黃色小蛇，被他咬傷和被眼鏡蛇咬傷一樣危險。由於他太小了，沒有人會注意到他，因此對人類的傷害也越大。

卡瑞特出擊了。里奇往側邊一跳，準備和他奮力一搏，不料那個邪惡的土灰色小腦袋猛然一伸，差一點點就要擊中他的肩膀，他只好一躍跳過蛇身，但是蛇頭卻緊追著他的後腳跟。

泰迪往屋內大喊：「喔，快來看呀！我們的貓鼬正在殺一條蛇。」接著，里奇─迪基聽到泰迪的母親發出一聲尖叫。他父親拿著一根棍子衝出來，不過在他趕到之前，卡瑞特又一次出擊，但是這一擊過了頭，於是里奇─迪基奮力跳到蛇背上，把頭埋在兩腿中間，儘可能朝蛇背部高處用力一咬，然後滾到一旁。這一咬使得卡瑞特動彈不得。

當里奇─迪基跑到篦麻叢下做個塵土浴時，泰迪的父親還在鞭打死掉的卡瑞特。「那有什麼用？」里奇─迪基心想，「我都已經把他解決了。」泰迪的母親把里奇─迪基從塵土中抱起來，摟著他，哭著說他救了泰迪一命。泰迪的父親則說他是上帝派來的。

那天晚上，泰迪帶著里奇─迪基上床，堅持要他靠著自己的下巴睡覺。里奇─迪基的教養很好，不會隨便亂咬亂抓，但是泰迪一睡著，他就從床上溜下，開始在屋子裡夜遊。在黑暗

中，他碰見了沿著牆邊爬行的麝鼠丘查卓拉。丘查卓拉是一隻傷心的小動物，他整夜不是低聲啜泣就是吱吱叫，一心想要跑到房間中央，但是從來都辦不到。

「別殺我，」丘查卓拉說，幾乎要哭出來，「里奇－迪基，別殺我！」

「你認為一隻殺蛇的動物會殺麝鼠嗎？」里奇－迪基嘲諷地說。

「殺蛇的有一天也會被蛇殺死。」丘查卓拉更傷心地說，「我怎麼能確定奈格會不會在哪個黑夜裡把我錯當成你？」

「不會發生這種事的，」里奇－迪基說，「奈格在花園裡，而我知道你不會到那裡去。」

「我的老鼠表弟丘亞跟我說──」丘查卓拉說到一半突然停下來。

「他跟你說什麼？」

「噓！里奇－迪基，奈格是無所不在的。你應該跟花園裡的丘亞談談。」

「我沒和他談過，所以你一定要告訴我。快點，丘查卓拉，否則我就咬你！」

丘查卓拉坐下哭了起來，眼淚從鬍鬚上滾落下來。「我是個可憐的傢伙，」他啜泣著說，「我從來沒有勇氣跑到房間的中央。噓！我什麼都不能告訴你。你沒聽到什麼聲音嗎，里奇

—迪基？」

里奇—迪基側耳傾聽。房間裡一片寂靜，不過他覺得他聽到了世界上最微弱的刮擦聲——微弱得有如黃蜂在窗玻璃上走的聲音——那是蛇的鱗片刮過磚牆的聲音。

「那不是奈格就是奈加娜，」他心想，「他正打算從浴室的排水道爬進來。你說得對，丘查卓拉，我應該去跟丘亞談談的。」

他悄悄溜到泰迪的浴室，但是沒發現什麼，於是又到泰迪母親的浴室。在平滑的灰泥牆底部，有一塊磚頭被挖出，用來做排水道排放浴缸裡的水。里奇—迪基沿著浴缸的磚石邊緣悄悄溜進去之後，他聽到奈格和奈加娜在外面竊竊私語。

「等屋子裡都沒人了，」奈加娜對丈夫說，「悄悄地溜進去，記住，第一個要咬的就是殺死卡瑞特的那個高大男人。然後出來告訴我，我們再一起進去找里奇—迪基。」

「妳確定殺死人對我們有好處嗎？」奈格說。

「好處可多了。以前平房裡沒住人的時候，花園裡會有貓鼬嗎？只要平房一空出來，我們就是花園裡的國王和皇后了；還有，你別忘了，等我們在瓜田裡的蛋孵化（也許就是明天了），我們的孩子也需要空間和安靜。」

「這我倒沒想到，」奈格說，「我去，不過我們沒有必要獵殺里奇—迪基。我會殺死那個高大的男人和他的妻子，

如果可以，連那孩子也殺死，然後再悄悄離開。到時候平房空了，里奇－迪基就會自動走掉。」

里奇－迪基聽了又氣又恨，渾身顫抖，接著他就看到奈格的腦袋鑽進排水道，五呎長的冰涼身軀緊跟著爬了進來。里奇－迪基雖然氣憤，但是看到眼鏡蛇巨大的身軀時，還是非常害怕。奈格把身體盤繞起來，抬起頭，看著黑暗中的浴室。里奇看到他的眼睛閃閃發亮。

奈格的身體前後搖擺，然後里奇－迪基聽到他在喝大水缸裡的水，那些水是預備用來泡澡的。「很好喝！」奈格說，「卡瑞特死的時候，那個高大的男人手裡拿著一根棍子。他可能還留著那根棍子，不過等他早晨進來洗澡時，就不會拿著棍子了。我就在這裡等他進來。奈加娜──妳聽到我說的話了嗎？──我要在這涼爽的地方等到天亮。」

外面沒有回應聲，所以里奇－迪基知道奈加娜已經走了。奈格把身體一圈一圈地盤在水缸底部鼓起的地方，里奇－迪基則像死了般一動也不動。一個小時後，他開始慢慢地走向水缸。奈格睡著了，里奇－迪基盯著他龐大的後背，盤算該從哪

裡下手最穩當。「如果我第一下沒有咬斷他的背，」里奇心想，「那麼他就會反擊。如果他反擊了——」他看著奈格皮褶下的粗脖子，那對他來說太困難了，但是如果咬在靠近尾巴的地方，又只會讓奈格更狂怒。

「一定得咬在頭部，」最後他決定了，「皮褶上方的頭部。而且一旦咬住就不能鬆口。」

於是他撲了過去。奈格的頭離水缸只有一點點距離，就在圓肚的下方；里奇咬住之後，把自己的背頂著紅色陶缸，以

・里奇咬住蛇的頭部，死都不放開。

便壓制住蛇頭不讓它動彈。他只有一秒鐘的時間，而他也充分地利用了。然後，他就像一隻被狗咬住的老鼠一樣，被猛烈地甩來甩去——一下子在地板上來回拉扯，一下子上下震盪，一下子又繞著圈。但是他的眼睛紅了，他緊咬蛇頭不鬆口，儘管蛇身在地板上到處亂竄，把長柄錫勺、肥皂盒和浴刷都打翻，還撞到浴缸的錫邊。他的嘴巴越咬越緊，因為他認為自己一定會被撞死，但是為了貓鼬家族的榮譽，他希望自己被發現時是緊咬住蛇的。正當他感到暈眩、疼痛，彷彿全身就要碎裂的時候，突然聽到身後傳來雷鳴般的響聲。接著，一陣熱風使他失去知覺，皮毛也被紅色的火燄燒焦。那個高大的男人被打鬧聲驚醒了，他用獵槍朝奈格的頸部皮褶後側開了兩槍。

里奇－迪基閉上雙眼，牙齒仍然緊咬不放，因為他認為自己死定了，但是蛇頭一動也不動。高大的男人將他抱起來，說道：「又是貓鼬，艾莉絲。這個小傢伙這回救了我們全家人。」這時，泰迪的母親臉色慘白地走進來，看著奈格的屍體，里奇－迪基則拖著疲憊的腳步回到泰迪的臥室，整個夜晚他都不斷輕輕搖晃著身體，看看自己是不是真的被摔碎成了四十塊。

第二天早晨，他還是全身僵硬，但是他對自己的表現很滿意。「現在我還有奈加娜要解決，她可是比五隻奈格還難對付，而且又不知道她所說的蛇蛋什麼時候會孵化。天哪！我必

須去找達齊。」

里奇－迪基還沒吃早餐，就迫不及待跑到荊棘叢下，達齊正在高聲唱著勝利之歌。奈格死亡的消息已經傳遍整座花園，因為清潔工把屍體丟到了垃圾堆上頭。

「喂，你這隻笨鳥！」里奇－迪基生氣地說，「現在是唱歌的時候嗎？」

「奈格死了──死了－死了！」達齊唱著，「勇敢的里奇－迪基抓住他的頭，緊咬著不放。高大的男人拿來砰砰響的棍子，奈格就斷成了兩截！他再也不能吃我的孩子了。」

「你說的都是事實，不過奈加娜在哪裡？」里奇－迪基邊問邊小心地看著四周。

「在馬廄旁的垃圾堆上為奈格哀悼。有一口白牙的里奇－迪基真偉大。」

「別為我的白牙操心！你有沒有聽說她把自己的蛋藏在哪裡？」

「在最靠近圍牆那端的瓜田裡，那裡幾乎整天都曬得到太陽。她幾個星期前就把蛋藏在那裡了。」

「你怎麼從來都沒想到要告訴我？你是說最靠近圍牆的那端，對嗎？」

「里奇－迪基，你該不會是要去吃她的蛋吧？」

「那倒不是。達齊，如果你有一點頭腦的話，就飛到牛廄

那邊，假裝你的翅膀斷了，引誘奈加娜追到這裡來。我必須到瓜田裡去，但是如果現在去，會被她看見的。」

達齊是個愚蠢的傢伙，腦袋裡一次只能裝下一個念頭。但是他的妻子是隻聰明的鳥，她知道眼鏡蛇的蛋日後會孵出小眼鏡蛇來，因此她飛離巢穴，來到垃圾堆旁的奈加娜面前，大聲喊道：「喔，我的翅膀斷了！房子裡的男孩拿石頭丟我，把我的翅膀打斷了。」說完後她更用力地拍動翅膀。

奈加娜抬起頭，嘶嘶地說：「要不是妳警告里奇—迪基，他早就被我殺死了。說真的，妳不該選在這裡受傷的。」然後她滑過塵土，朝達齊的妻子前進。

里奇—迪基聽到她們從牛廄來到小徑，於是他快速奔往靠近圍牆的瓜田。他在那裡找到了二十五顆蛇蛋，巧妙地隱藏在瓜田裡溫暖的乾草堆中，大小跟矮腳雞的蛋差不多，但是外殼只有薄薄的白色皮層。

「我來的正是時候。」他說。因為他可以看到蜷縮在皮層下的小眼鏡蛇，他知道一旦他們孵化出來，每一條都能殺死一個人或一隻貓鼬。他趕忙咬破蛋的頂部，仔細地把小蛇都壓死，還不時地翻動乾草，看看有沒有遺漏。最後只剩下三個蛋，里奇—迪基暗自發笑。這時他聽到達齊的妻子大聲尖叫：

「里奇—迪基，我把奈加娜引到房子那邊，她已經爬到陽台上，而且——哎呀，快點來——她要殺人了！」

· 里奇快速的踩破奈加娜的蛋，
  打算跟她作最後決鬥。

里奇—迪基砸破了兩顆蛋，把第三顆蛋銜在嘴裡，跌跌撞撞地往後退出瓜田，以最快速度奔往陽台。泰迪和父母親正在那裡吃早餐，可是里奇—迪基看到他們什麼東西都沒吃，動也不動地坐著，而且一臉蒼白。奈加娜已經在泰迪椅子旁邊的草蓆上盤起身子，可以輕易攻擊泰迪赤裸的小腿。她前後搖晃著身體，還一邊唱著勝利之歌。

「殺死奈格的高大男人的兒子，」她嘶嘶地說，「不許動，我還沒準備要出擊，再等一下。你們三個，坐著不許動！要是你們敢動一下，我就馬上攻擊，但如果你們不動，我還是會出擊。喔，愚蠢的人類，竟敢殺死我的奈格！」

泰迪的眼睛盯著父親，而他父親能做的，也只是低聲對他說：「坐著別動，泰迪。絕對不能動。泰迪，不要動。」

這時，里奇—迪基趕來了，他大叫

著：「轉過身，奈加娜。轉過來和我對抗！」

「來的正是時候，」奈加娜眼睛動也不動地說，「我待會再跟你算帳。里奇—迪基，瞧瞧你的朋友們。他們被嚇呆了，一臉慘白啊。他們動都不敢動，如果你再往前一步，我就馬上攻擊。」

「去看看妳的蛋，」里奇—迪基說，「圍牆邊的瓜田裡。奈加娜，快去看看啊。」

大蛇半轉過身，她看到了陽臺上的蛇蛋。「把它還給我！」她說。

里奇—迪基把蛋放在兩隻爪子中間，眼睛變得血紅。「一顆蛇蛋的代價是什麼？一條小眼鏡蛇？一條小眼鏡蛇王的代價為何？這是最後一顆，全部只剩下這一顆了。其他那些正在被瓜田裡的螞蟻吞噬呢。」

奈加娜快速旋轉過來，為了那顆蛋她把所有事都拋諸腦後。里奇—迪基看到泰迪的父親迅速伸出一隻大手，抓住泰迪的肩膀，把他從放茶杯的桌子上抱了過去，到了奈加娜搆不到的安全地方。

「上當了！上當了！上當了！瑞克—次克—次克！」里奇—迪基呵呵笑道，「小男孩安全了。而且昨天晚上在浴室裡，是我——是我——是我咬住了奈格的頸部皮褶。」然後他開始用四隻腳跳上跳下，頭貼著地板。「他把我甩來甩去，但就是無

法把我甩掉。高大的男人把他打成兩截之前他就已經死了。是我幹的！里奇—迪基—次克—次克！來吧，奈加娜。來和我作戰吧。再過不久妳就不用當寡婦了。」

奈加娜知道她已經錯過了殺死泰迪的機會，而那顆蛋還在里奇—迪基的爪子之間。「把蛋給我，里奇—迪基。把我的最後一顆蛋給我，我會馬上離開，永遠不再回來。」

「沒錯，妳會馬上離開，而且永遠不再回來。因為妳就要到垃圾堆去和奈格作伴了。開戰吧，寡婦！高大的男人已經去拿槍了！開戰吧！」

里奇—迪基在奈加娜身邊跳來跳去，保持在她攻擊不到的地方，他的小眼睛有如火紅的煤炭。奈加娜縮起身子，然後猛地朝他撲過去。里奇—迪基往後上方跳開。她一次又一次不斷地攻擊，但是她的頭每次都重重地打在陽台的草蓆上，接著身子就像手錶的彈簧一樣縮回去。然後里奇—迪基繞了一圈，想要走到她的後方，但是奈加娜也轉過身和他面對面，她的尾巴掃過草蓆發出的聲響，就像風吹起枯樹葉的沙沙聲。

里奇—迪基已經把那顆蛋忘了。它還在陽台上，奈加娜越走越近，最後她趁里奇—迪基深吸一口氣的時候，迅速把蛋含在嘴裡，轉向陽台的台階，然後像隻箭似地沿著小徑飛奔而去，里奇—迪基則緊追在後。一條眼鏡蛇逃命時的速度，就跟鞭子打在馬脖子上的速度一樣快。

里奇－迪基知道他必須逮到奈加娜，否則所有的麻煩都會再度發生。她朝荊棘叢旁長長的草堆竄去，而里奇－迪基一路追趕的同時，聽到達齊還在唱著那首愚蠢的勝利短歌。不過達齊的妻子聰明多了，當奈加娜逃過來的時候，她立刻飛下鳥巢，在奈加娜的頭上鼓動翅膀。如果達齊也來幫忙，也許他們就能攔住她，但是奈加娜只是把頭壓低，繼續往前行。儘管如此，這片刻的耽擱還是讓里奇－迪基趕上了奈加娜，當她鑽進她和奈格居住的老鼠洞，里奇－迪基的小白牙已經咬住了她的尾巴，並且跟著進入洞裡——很少有貓鼬會追入眼鏡蛇的蛇洞，不管他們有多聰明或老練。洞穴裡黑漆漆的，里奇－迪基根本不知道什麼地方會突然變得寬闊，使得奈加娜有機會轉身反擊。他依然狂怒地緊咬著，並且把四隻腳抵在濕熱而漆黑的洞內坡地上煞住。

　　洞口的草叢停止晃動，達齊說：「里奇－迪基完蛋了！我們必須為他唱輓歌了。勇敢的里奇－迪基死了！奈加娜一定會在地底下把他殺死的。」

　　於是，達齊唱起了他臨時編的一首十分哀傷的歌曲。正當他唱到感人之處，草叢又晃動了，只見渾身是泥的里奇－迪基從洞穴裡一步一步爬出來，還一邊舔著鬍子。達齊輕輕叫了一聲，停止了哀鳴。里奇－迪基抖落皮毛上的塵土，打了個噴嚏。「一切都結束了，」他說，「那個寡婦再也不會出來

了。」於是所有的動物都歡聲雷動。

里奇－迪基回到屋子裡的時候，泰迪和母親（她剛才暈了過去，因此臉色還是很蒼白）、父親都跑了出來，他們幾乎流下眼淚。那天晚上，里奇－迪基痛快地吃了一頓，直到吃不下為止。稍晚，當泰迪的母親到房裡巡視時，里奇－迪基還依偎在泰迪的肩膀上呼呼大睡。

「他不但救了我們，也救了泰迪。」她對丈夫說，「真是想不到，他救了我們一家人。」

里奇－迪基驚醒過來，貓鼬是很容易驚醒的動物。

「喔，是你們啊，」他說，「你們還擔心什麼？所有的眼鏡蛇都死了，就算沒有死光，也還有我在啊。」

里奇－迪基確實該為自己感到驕傲，不過他並沒有得意忘形，他只是盡一隻貓鼬的責任，又跳又咬地守著那個花園，從此，再也沒有任何眼鏡蛇膽敢往牆內探頭。

達齊的詠唱（歌頌里奇—迪基—塔威）

我是歌唱家也是裁縫——
享受雙重的樂趣——
我以在空中歡唱而驕傲，為能獨立築巢而自豪——
我編織著我的音樂和我縫葉而成的鳥巢。

再次為你的雛鳥歌唱，
母親啊，你又能再次抬起頭！
折磨我們的禍害已經被殺死，花園裡的死神已經消失。
躲在玫瑰花叢裡的惡魔現在死了且被扔在垃圾堆裡！

是誰解救了我們，是誰？告訴我他的巢居和名字。
里奇，英勇又忠誠，
迪基，雙眼炯亮如火炬，
里奇—迪基—迪基，象牙般的尖牙，雙眼如火炬的獵人！

向他表達謝意，以夜鶯的歌唱讚頌他——
不，用我的歌聲讚美他。
聽！我將為你歌唱，有著毛茸茸尾巴和火紅雙眼的里奇！

（唱到這裡突然被里奇—迪基打斷，歌曲其餘部分已經遺失。）

國家圖書館出版品預行編目資料

森林王子 / 拉雅德‧吉卜林著；張惠凌譯 . －－初版
. －－臺中市：晨星，2008〔民 97〕
面； 公分 . －－（愛藏本；80）

譯自：The jungle book

ISBN 978-986-177-197-7（平裝）

873.59　　　　　　　　　　　　　　97001158

愛藏本 80

森林王子

作者	拉 雅 德 ‧ 吉 卜 林
編輯	曾 怡 菁
校稿	張 惠 凌 、 葉 孟 慈
美術編輯	施 敏 樺
封面／內頁插圖	張 瑞 紋

發行人	陳銘民
發行所	晨星出版有限公司
	台中市工業區 30 路 1 號
	TEL：04-23595820　Fax：04-23597123
	E-mail: morning@morningstar.com.tw
	http://www.morningstar.com.tw
	行政院新聞局局版台業字第 2500 號
法律顧問	甘龍強律師
承製	知己圖書股份有限公司　　TEL：(04)23581803
初版	西元 2008 年 5 月 30 日

總經銷	知己圖書股份有限公司
	郵政劃撥：15060393
	（台北公司）台北市 106 羅斯福路二段 95 號 4F 之 3
	TEL：(02)23672044　FAX：(02)23635741
	（台中公司）台中市 407 工業區 30 路 1 號
	TEL：(04)23595819　FAX：(04)23597123

定價 160 元
（缺頁或破損的書，請寄回更換）
ISBN 978-986-177-197-7

Published by Morningstar Publishing Inc.
Printed in Taiwan

以下資料或許太過繁瑣，但卻是我們瞭解您的唯一途徑
誠摯期待能與您在下一本書中相逢，讓我們一起從閱讀中尋找樂趣吧！

姓名：＿＿＿＿＿＿＿＿＿　　別：□ 男　□ 女　　生日：　　／　　／

教育程度：＿＿＿＿＿＿＿＿

職業：□ 學生　　□ 教師　　□ 內勤職員　　□ 家庭主婦
　　　□ SOHO 族　　□ 企業主管　　□ 服務業　　　　□ 製造業
　　　□ 醫藥護理　　□ 軍警　□ 資訊業　　　□ 銷售業務
　　　□ 其他＿＿＿＿＿＿＿＿＿＿

E-mail：＿＿＿＿＿＿＿＿＿＿＿＿　　聯絡電話：＿＿＿＿＿＿＿＿＿

聯絡地址：□□□＿＿＿＿＿＿＿＿＿＿＿＿＿＿＿＿＿＿＿＿

購買書名：森林王子

・本書中最吸引您的是哪一篇文章或哪一段話呢？＿＿＿＿＿＿＿＿＿＿

・誘使您購買此書的原因？

□ 於 ＿＿＿＿ 書店尋找新知時　□ 看 ＿＿＿＿ 報時瞄到　□ 受海報或文案吸引
□ 翻閱 ＿＿＿＿ 雜誌時　□ 親朋好友拍胸脯保證　□ ＿＿＿＿ 電台 DJ 熱情推薦
□ 其他編輯萬萬想不到的過程：＿＿＿＿＿＿＿＿＿＿＿＿＿

・對於本書的評分？（請填代號：1. 很滿意 2. OK 啦！ 3. 尚可 4. 需改進）

封面設計 ＿＿＿＿　版面編排 ＿＿＿＿　內容 ＿＿＿＿　文／譯筆 ＿＿＿＿

・美好的事物、聲音或影像都很吸引人，但究竟是怎樣的書最能吸引您呢？

□ 價格殺紅眼的書　□ 內容符合需求　□ 贈品大碗又滿意　□ 我誓死效忠此作者
□ 晨星出版，必屬佳作！　□ 千里相逢，即是有緣　□ 其他原因，請務必告訴我們！

＿＿＿＿＿＿＿＿＿＿＿＿＿＿＿＿＿＿＿＿＿＿＿＿

・您與眾不同的閱讀品味，也請務必與我們分享：

□ 哲學　　　□ 心理學　　□ 宗教　　　□ 自然生態　□ 流行趨勢　□ 醫療保健
□ 財經企管　□ 史地　　　□ 傳記　　　□ 文學　　　□ 散文　　　□ 原住民
□ 小說　　　□ 親子叢書　□ 休閒旅遊　□ 其他＿＿＿＿＿＿＿＿＿

以上問題想必耗去您不少心力，為免這份心血白費

請務必將此回函郵寄回本社，或傳眞至（04）2359-7123，感謝！
若行有餘力，也請不吝賜教，好讓我們可以出版更多更好的書！

・其他意見：

晨星出版有限公司 編輯群，感謝您！

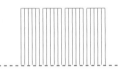
更方便的購書方式：

(1) 網站：http://www.morningstar.com.tw
(2) 郵政劃撥　帳號：15060393
　　　　　　戶名：知己圖書股份有限公司
　　請於通信欄中註明欲購買之書名及數量
(3) 電話訂購：如為大量團購可直接撥客服專線洽詢

◎ 如需詳細書目可上網查詢或來電索取。
◎ 客服專線：04-23595819#230　傳眞：04-23597123
◎ 客戶信箱：service@morningstar.com.tw